アンジュと頭獅王

吉田修一

小学館

Shuichi Yoshida

Ange et Zushio

ただ今語《かた》り申《もう》す御物語《おんものがたり》、国を申《もう》さば丹後《たんご》の国、金焼地蔵《かなやきじぞう》の御本地《ごほんじ》を、あらあらと説明すれば、この地蔵もかつては人間でおわします。

とは、我《わ》が国の中世《ちゅうせい》に興起《こうき》し、以来脈々《みゃくみゃく》と受け継がれてきた語りもの、説経節《せっきょうぶし》の序詞《じょことば》ではありますが、この金焼地蔵、人間であったときの御本地を問えば、国は奥《おう》州日《しゅうひ》の本《もと》の将軍、岩城《いわき》の判官正氏殿《はんがんまさうじどの》で、

「人の幸せに隔《へだ》てがあってはならぬ。
慈悲《じひ》の心を失っては人ではないぞ」

と説《と》く徳《とく》高いお方《かた》ではありましたが、弱きを助け、強きを挫《くじ》く、を是《ぜ》とする生来《せいらい》の一刻者《いっこくもの》、いよいよ不徳者《ふとくもの》たちの反感を買いまして、太宰府《だざいふ》は筑紫安楽寺《つくしあんらくじ》に流謫《るたく》の憂《う》き目に遭《あ》ったのでございます。

あらいたわしや、幼少の姫と若とを連れ立ちまして伊達《だて》の郡信夫《こおりしのぶ》の荘《しょう》へ流浪《るろう》の身となられた御台所《みだいどころ》のお嘆《なげ》きは慰《なぐさ》めようがございません。

そんなある日のこと、いずこともなく知らないで、庭に舞い降りてきた大婦の燕《つばめ》が、長押《なげし》の上に巣をつくり、十二の卵を慈《いつく》しむように育てておりました。

ご覧になった頭獅王《ずしおう》が、

「のう、母御《ははご》様。あの鳥は名前をなんと申《もう》すのですか」

と御台所に問えば、

「あれは常磐《ときわ》の国よりやってきた燕という鳥で、とても優しい鳥ですよ」

とお教えになります。

「あのように天翔《あまか》ける鳥にも、父と母、ふた親があるのに、姉御《あねご》やそれがしが父を持たぬ不思議さよ」

と、頭獅王《ずしおう》のたまえば、まだ幼子《おさなご》ながら父恋しの情をずっと堪《こら》えていたのかと、御台所《みだいどころ》の感も極まり、

「御身《おんみ》が父は、慈悲《じひ》の心を持ったがために、良からぬ者たちの策にかかり、筑紫《つくし》安楽寺《あんらくじ》へ流されて憂《う》き思いしておわします」とお教えになる。

頭獅王は聞こしめし、

「なんと、てっきり父上はすでに浮き世の人ではないと思っておりましたが、もしまだ浮き世におられるのであれば、どうぞ姉御とそれがしを京《みやこ》へ上《のぼ》らせて下《くだ》さい。京へ上り、帝《みかど》にて冤罪《えんざい》の御判《ごはん》を申《もう》し受けてまいります」とのたまう。

御台所この由《ゆえ》聞こしめし、

「それほどにそなたが願うなら、母も一緒に京へ上りましょう」

と、大勢ではなにかと不便を被《こうむ》るので、乳母《うば》のうわたき一人を御供《おとも》と決めて、忍びやかに旅の支度をしたのでございます。

国を出たのが三月十七日、ほんの一時のつもりで出たこの旅路に、のちにこれほどまでの後悔をさせられるとは、このとき誰が思い立ちましょうか。

三十日ほどの路次《ろじ》の末《すえ》、お着きになったのは越後《えちご》の国直江《なおえ》の浦《うら》でございました。そろそろ日も暮れそうでしたので、御供のうわたきが、

「一夜《ひとよ》、一夜」

と、直江の浦千軒《げん》にこの日の宿を借り歩きましたが、九百九十九軒に貸す者なし。あらいたわしや、疲れ果てた四人が浜の赤松の木陰《こかげ》に腰を下ろし、

「仏の教えを悟《さと》り得ぬ凡夫《ぼんぶ》ばかりの里らしいが、ただ一夜の宿も貸してくれぬとはあまりに悲しい」

と嘆《なげ》いておりますと、浜路《はまじ》から戻ってきた海女《あま》がこの由《ゆえ》を聞き、

「旅の奥様の仰《おお》せ、誠にもっともでございますが、ここ直江《なおえ》の浜には人売りがおるという風聞《ふうぶん》が立っておりまして、このことを知った地頭《じとう》が、よそ者に宿を貸してはならぬ。貸したる者は罪科《ざいか》に処すというお達しがあるのでございます。とはいえ、このような浜風にさらされていてはお体に毒。されば、向こうに見えたる黒森《くろもり》に、逢岐《おうぎ》の橋という広い橋がございます。どうぞ、そちらで一夜《いちや》明かしておいであれ」と思い遣《や》ってくれます。

この海女はきっと氏神様《うじがみ》の思《おぼ》し召《め》しであろうと御台所《みだいどころ》は深く感謝し、すぐに四人連れ立って逢岐の橋に向かいますと、北風が吹くほうは、うわたきにその風を塞《ふさ》がせ、南からの風は御台所自《みずか》らが防ぎますと、一枚の小袖《こそで》を取り出して敷物《しきもの》にし、そこに歩き疲れた姉弟《あねおとうと》を寝かせたのでございます。

以上は直江の浦《うら》の御物語《おんものがたり》。

ここに山岡《やまおか》の太夫《たゆう》という、人を売っての名人がやってくるのでありますが、そもそもこの昼に、太夫の女房《にょうぼう》が四人に宿を貸さずに帰してしまったことを聞いたこの山岡の太夫、

「騙《だま》し売っておれば、生計も立ったものを」

とひどく悔《くや》しがって諦《あきら》めきれず、女人《にょにん》の足のこと、まだそう遠くまでは行っておるまいと、草鞋《わらじ》と脛巾《はばき》の緒《お》を締《し》めて浜路へおりてきていたのでございます。

さて逢岐の橋の袂《たもと》までやってきますと、橋の下で風に舞っている小袖の裾《すそ》がちらりと見え、早速《さっそく》暗い橋の下を覗《のぞ》き込んでみれば、四人はくたびれにくたびれて正体《しょうたい》もなく伏《ふ》しております。

ここは一つ脅《おど》かしてやろうと、山岡太夫は持っていた鹿杖《かせづえ》で橋をどうどうと突き鳴らし、

「おうおう、ここで寝ている旅の者は誰じゃ。ここをどこと知ってお休みか。この橋は供養《くよう》されておらぬ橋である。夜《よ》な夜な、山からはうわばみが、池から大《だい》蛇《じゃ》が上がって、この橋で契《ちぎ》りを交《か》わし、暁《あかつき》には別れてゆくがため、この橋の名を逢岐《おうぎ》の橋と申《もう》すなり。夕暮れに近づけば人を捕《と》らえ、捕らえられた者は行方《ゆくえ》が知れなくなる風聞《ふうぶん》あるぞ」

と脅《おど》すだけ脅すと、自分はさも知らぬ顔でまた戻っていこうといたします。

慌《あわ》てた御台所《みだいどころ》ははっと身を起こし、月の明かりに山岡太夫《やまおかたゆう》の姿を確かめてみれば、五十余りの慈悲《じひ》ありそうな太夫殿《どの》なり。ここで宿を借り損じては運命尽《つ》きるとばかりに、矜持《きょうじ》も打ち捨て、太夫の袂《たもと》にすがりつけば、

「のう、太夫殿。私たちだけならば諦《あきら》めましょう。虎狼《ころう》、変化《へんげ》の物どもに捕らわれても仕方がない。しかし、あれをご覧下《くだ》さいまし。あそこに伏《ふ》したるわっぱこそ、奥州《おうしゅう》五十四郡《ぐん》の主《ぬし》となる者でありますが、とある由《ゆえ》から京《みやこ》へ上《のぼ》り、帝《みかど》より

の御判《ごはん》を申《もう》し受けに参《まい》る旅の途中でございます。されば、無事に旅を終え、本《ほん》地《じ》に戻りましたのちには、太夫殿への施料《せりょう》を惜しむはずもございません。どうぞ一夜《ひとよ》の宿をお貸し下さいませ」とお頼みある。

山岡の太夫はこれを聞き、こちらから宿を借りてほしくて来たのが、向こうから貸してくれと頼まれて陶然《とうぜん》となり、ここは一つさらに恩を売ってやれとばかりに、

「のう、奥方様《おくがたさま》。お宿を貸すのはやぶさかではありませんが、ご存知《ぞんじ》のように、お上《かみ》の政道《せいどう》がこれほど厳《きび》しい折、わたしの一存《いちぞん》ではなんとなりませぬ」と渋《しぶ》ります。

慌てた御台所は、

「のう、太夫殿。旅は心、世は情け。船は浦《うら》に泊まり、捨て子は村が育《はぐく》みます。一時雨《ひとしぐれ》、一村雨《ひとむらさめ》の雨宿り。これも多生《たしょう》の縁《えん》ではございませんでしょうか。どうぞ一夜をお貸し下さいませ」とさらにお頼みある。

太夫《たゆう》はさも同情心からとばかりに、

「お貸しできませんとは言いながら、高貴《こうき》なお方《かた》がそこまで仰《おっしゃ》るのであれば、どうしてお断《ことわ》りすることができますでしょうか。さらば、お宿をお貸しいたしましょう。ただ、道すがらに万が一、誰かとすれ違いましても、決して口を開いてはなりません」

と言うと、太夫の宿へ四人を案内したのでございます。

さて、もしもこのとき、路次《ろじ》にて誰かとすれ違いさえすれば、人買いである太夫の悪名《あくみょう》を伝えてくれる者があったのかもしれませんが、運命尽《つ》きるとはまさにこのことでありましょうか。

太夫が宿では、太夫は女房《にょうぼう》を呼びつけまして、

「おい、昼間の奥方様《おくがた》をお泊《と》めするぞ。飯《はん》をもてなせ」

と命じるのですが、

「あらいたわしい。やっと若いころの邪道《じゃどう》から正道《せいどう》に戻ってくれたかと思っておれば、またあの人々を売ろうとして宿を貸すおつもりか。ならば、こちらにも覚悟《かくご》がある。飽《あ》きも飽かれもせぬ仲じゃが、ここに離縁《りえん》いたします」

と女房が糾《ただ》します。

しかし太夫ははったと女房を睨《にら》み返して、

「そなたはいつから、そんな生道心《なまどうしん》ぶったことを言うようになったのだ。今年は親の十三年忌《き》。慈悲《じひ》の心でお宿を貸そうと言うのを、そなたは信じられぬのか」

女房はこの由《ゆえ》聞いて、

「さて今までは人売りのためとばかり思っておりましたが、慈悲のお宿であるならば、何をためらうことがありましょうか」

と四人の元へ戻りますと、

「さあさあ、こなたへ」と、洗足《せんそく》取って参《まい》らせたのでございます。

さて女房《にょうぼう》は四人をもてなし、夜半《やはん》のころに四人が休む客間へやって参《まい》りますと、

「のう、奥方様《おくがたさま》。お話に参りました。少しお時間よろしいでしょうか。

実は今日の昼、お宿をお貸しできないと申《もう》し上げましたのは、お恥ずかしい話、あの太夫《たゆう》と申しますのは、七つのころより人買い船の櫓《ろ》を押していたような者でございます。万が一にも、奥方様たちをそのような目に遭《あ》わせるようなことがあっては、きっと奥方様たちに、『情《じょう》のない太夫だ。恨《うら》めしい女房だ』と思われるのが悲しいと、それでお宿をお貸しできなかったのでございます。しかし太夫は、慈悲《じひ》の心からだと申しております。とすれば、五日でも十日でも足を休めて下《くだ》さいませ。ただ、それでも油断《ゆだん》だけは召されるな。もしも太夫に心変わりあれば、わたしがすぐにお知らせいたしましょう」

さてこの女房の話を聞いておりましたのは、御台所《みだいどころ》だけではございませんでした。襖《ふすま》の裏《うら》で立ち聞きしておりました太夫は、

「なんとも小癪《こしゃく》な女房だ。せっかくの食《く》い扶持《ぶち》をみすみす逃《のが》してなるものか」

と寝るに寝られず、寝所《しんじょ》に戻った女房が高鼾《たかいびき》をかくのをじりじりと待ち、やっと客間へ向かえば、

「のう、奥方様。宿の太夫でございます。不躾《ぶしつけ》にお尋《たず》ね申しますが、以前にも京《みやこ》へ御上《おのぼ》りになったことはありましょうか」と問います。

運命尽《つ》きるとはまさにこのこと。御台所様は、

「今回が初めてでございます」とお答えになったので

太夫この由《ゆえ》聞きますと、今回が初めてならば、船路《ふなじ》でも陸路《くがじ》でも簡単に売り飛ばせるわと嬉《うれ》しくなり、

「いかに奥方様。船路でいらっしゃるか、陸路でいらっしゃるか」と尋ねある。

「船路なりとも陸路なりとも、道に難所《なんしょ》のない方《ほう》をお教え下さいませ」

「それならば、どうぞ船路《ふなじ》をお召しなされ。この太夫《たゆう》が良き小舟を一艘《そう》持っておりますので、まずは沖まで漕《こ》ぎ出《い》でて、京《みやこ》へ向かう船までお連れいたしましょう。いや、と申《もう》している間に、夜が明けようとしております。夜が明ければ、女房《にょうぼう》が何かと世話を焼いて時間ばかりがかかりますので、今のうちに出発いたしましょう」

あらいたわしや、四人は売られるとも知らず、太夫が宿を忍び出ますと、まだ明けぬ夜の中を浜路《はまじ》へ向かったのでございます。

さて浜路に着きますと、太夫は小舟を取って四人を乗せ、とも綱《づな》を解く間も惜しんで腰の刀をするりと抜けば、

「ああ、あっぱれあっぱれ、なんとも生易《なまやさ》しい商売だ」

と心の内で祝いながら、

「えいやっ」

とも綱を断ち切って、

「そうれ」

と櫓《ろ》を踏んで舟を出したのでございます。


三里《り》ほど漕ぎ出しますと、沖に二艘の舟が見えて参《まい》ります。

「それなる舟は、商《あきな》い船《ぶね》か漁《りょう》の船か」

と太夫が問えば、一艘は、

「佐渡《さど》の二郎が舟なり」

また一艘は、

「宮崎《みやざき》の三郎が舟」と申すなり。

「そちらこそ、どちらの舟ぞ」

と問われた太夫が、

「これは山岡《やまおか》の太夫《たゆう》が舟なり」

と答えれば、

「あら珍《めずら》しや太夫殿《どの》。商《あきな》い物はあるか」と問いかけてくる。

「それこれあれ」

太夫が片手を上げて親指を一つ折って見せるは、四人あるとの合図なり。

「四人ならば五貫《かん》で買おう」

早速《さっそく》値付けする二郎に、

「そなたが五貫で買うならば、それがしはすでに売り先の見当《けんとう》もあることである
し、一貫奮発《ふんぱつ》して六貫で買おう」

と三郎が乗じ、我《われ》買おう人買おうと激しい口論《こうろん》になる。

太夫は儲《もう》け話を逃《のが》してはならぬと、慌《あわ》てて相手がたの舟に飛び移ると、

「まあまあ落ち着きなさい。あまりに騒がしいと鳥も逃げる。その上、鳥は若鳥《わかどり》なれば、末《すえ》まで繁盛《はんじょう》するように両方に分けて売るとしよう。まず佐渡《さど》の二郎が方《ほう》は、女二人を買《こ》うてゆけ。また宮崎《みやざき》の三郎が方は、姉弟《あねおとうと》のきょうだい二人を買うてゆけ。ならば、四人で五貫に負けておく」

太夫は二人と算段すると、また太夫が小舟に飛び移り、

「のう、奥方様《おくがたさま》。今ほどの口論はどなたのためとお思いか。奥方様たちのためですぞ。二艘《そう》の船頭どもは、この太夫がためにも一肌脱《ひとはだぬ》ぎ、この太夫が連れてきた旅人を、我送ろう人送ろうと口論していたのでございますぞ。そこで行く先も一つ、行く港も一つ。ここは舟の足を軽くなさって、二艘並んで向かうのがよろしかろう。まず奥方様とうわたき殿の二人は二郎が舟に。姉弟のきょうだいは三郎が舟にお乗りなされ」

と、太夫は四人を五貫で打ち売って、自《みずか》らは直江《なおえ》の浦《うら》へ戻ったのでございます。

貴種流離譚《きしゅりゅうりたん》の物語とはいえど、漕《こ》ぎゆく二艘《そう》の舟の哀《あわ》れなり。

さて五町《ちょう》ばかりは並んで航行した二艘の舟が、十町ばかりもゆき過ぎると、北と南に別れゆく。御台所《みだいどころ》はこの由《ゆえ》船頭に尋《たず》ね、

「さて、あの舟とこの舟の間が、先ほどから遠くなってゆくのは不思議なこと。同じ港に着くとは思われぬ。どうぞ漕ぎ戻って、あの舟のように静かに進めて下《くだ》さいませ、船頭殿《どの》」

とお頼みあるが、

「ええい、何を申《もう》すぞ。思い通りの商売もできず腹立たしい上に、漕ぎ方《かた》にまで物申す。お前ら二人はわたしが買ったのだ。黙《だま》って船底《ふなぞこ》におれ」

と声を荒《あら》らぐばかりなり。

御台所この由聞こしめし、

「ややあ、なんとうわたきよ。売られたよ、買われたとよ。なんと情けのない太夫《たゆう》だろうか。なんと恨《うら》めしい船頭殿か。たとえ売るとて買うとて、せめて母子《ははこ》一緒に売っても買ってもくれず、親と子のその仲を懐《ふところ》の刀で、とも綱《づな》を断ち切るように売り分けるとは、悲しいやな、悔《くや》しいやな」

さらに御台所は舟から身を乗り出して、離れてゆくきょうだいに、

「おうい、アンジュや、頭獅王《ずしおう》や。さて売られたとよ、買われたぞ。この上は、きっと命を守るのですよ。たとえ奴隷《どれい》に身を落としても、いつの日かまた、きっと世に出られることもありましょう。

アンジュや、そなたの首にかけたる地蔵菩薩《じぞうぼさつ》は、そなたたちの身の上に不幸あるとき、きっと身代わりとしてお立ち下さいます。信じて大切にするのですよ。

そしてまだ幼き頭獅王《ずしおう》や、そなたが首にかけたるは、奥州《おうしゅう》五十四郡《ぐん》の系図の巻物。たとえ死して限りの旅へと立つ折も、きっと閻魔王《えんまおう》へのみやげともなりましょう。いいか、落とすなよ。落とすなよ、頭獅王」

と、声の限りにお申《もう》しある。

しかし帆影《ほかげ》は遠のいて、いよいよ声の届かぬところへ来ると、御台所《みだいどころ》は腰の扇《おうぎ》を取り出《い》だし、ひらりひらりと別れの涙滂沱《ぼうだ》なれど、舟は近寄ることもなし。

「のうのう、船頭殿《どの》。浜の鳥は親鳥が『うとう』と呼べば、子鳥は『やすかた』と答えるという。ならばと、親鳥に『うとう』とわざと鳴かせて、『やすかた』と鳴き答えた子鳥まで獲《と》ったという無慈悲《むじひ》な猟師《りょうし》は、浮き世を離れて霊《たましい》となったそののちにも、愛《いと》しさにいくら自《みずか》らの女房《にょうぼう》や子供を呼んだとて、その声が永《えい》劫《ごう》に届かぬようになったと伝え聞く。のうのう、船頭殿。そなたには、

『やすかた、やすかた』と
泣きょうだいの声が聞こえませぬか。
『うとう、うとう』と
泣く母の声が聞こえませぬか。

せめて舟漕《こ》ぎ戻り、今生《こんじょう》にての対面を、も一度だけさせてはもらえませぬか、のうのう船頭殿《どの》よ」

船頭聞くより打ち笑い、

「ええい、何を申《もう》すぞ。一度漕ぎ出した舟があとへ戻れば縁起《えんぎ》が悪い。おとなしゅう船底《ふなぞこ》におれ」と御台所《みだいどころ》をなんと足蹴《あしげ》にする。

これにはうわたきも黙《だま》っておらず、

「忠臣《ちゅうしん》は二君《じくん》に仕《つか》えず。貞女《ていじょ》は二夫《じふ》に見《まみ》えず。付き添い申すは、ご恩の主《ぬし》である御台様のみ。とすれば、ゆく先も二張《にちょう》の弓は引くまい」

と髪ふり乱して船頭に摑《つか》みかかるも、足蹴にされて詮方《せんかた》なし。

なればと船梁《ふなばり》に突っ立ち上がり、呪文《じゅもん》の数珠《じゅず》を取り出せば、西に向かって手を合わせ、声高々《たかだか》に念仏《ねんぶつ》を十遍《べん》唱《とな》え、

「ご恩の主をお助けたまえ」

と身を投げて、底《そこ》の藻屑《もくず》となったのでございます。

御台所はうわたきの消えた水面《みなも》に手を差し伸べて、

「さて、親とも子ともきょうだいとも思って頼ってきたうわたきが」

と流涕焦《りゅうていこ》がれてお泣きある。

それでもこぼれる涙を押しとどめ、珍《めずら》しい小袖《こそで》を取り出せば、

「のう、船頭殿。これでは不足かもしれませんが、これは身代わり。どうぞ自《みずか》らにも、うわたきのあとを追うことをお許し下《くだ》さいませ」とは嘆《なげ》かわしい限りなり。

しかし船頭、この由聞《ゆえ》くなり、

「ええい、何を申《もう》すぞ。すでに一人損《そん》したというのに、二人まで損してなるものか」

と持ったる櫂《かい》で御台所を打ち伏《ふ》せて、船梁に縛《しば》りつければ、泥梨《ないり》が島《しき》へ売り飛ばしてしまったのでございます。

さて、泥梨《ないり》が島《しま》の商人《あきんど》は、買い取ったはよいものの、能《のう》がない職《しょく》がないと、さらに安値で売り飛ばし、御台所《みだいどころ》はいよいよ鳥威《とりおど》しの手縄《てなわ》を持たされて、干《ほ》した粟《あわ》をついばみに来る雀《すずめ》たちを日がな一日追わされる憂《う》き目に遭《あ》わされたのでございます。

〽アンジュ恋しや　ほうれほれ　頭獅王《ずしおう》恋しや　ほうれほれ

口を出てくるのは、我《わ》が子恋しの歌ばかりとはいたわしや。

ひと月が過ぎても涙の乾く暇《いとま》もなし。

一年《ひととせ》過ぎて、我が子恋しさに逃げ出せば、ひっ捕《と》らえられて慈悲《じひ》もなく、その足手の筋《すじ》を断ち切られ、十年ついに両目を泣き潰《つぶ》して盲目《めしい》となり、百年歌い、二百年鳥を追い、三百年アンジュを案じ、四百年頭獅王を思い焦《こ》がれて、五百年が過ぎゆくこれが、奥州《おうしゅう》五十四郡《ぐん》の主《ぬし》、御台所の成れの果て。以上が御台所の御物語《おんものがたり》。

それはさておき宮崎の三郎に、二貫《かん》五百で買い取られた哀《あわ》れなるきょうだいは、強欲《ごうよく》な仲買《なかがい》たちにあっちこっちと売り飛ばされて、ここ丹後《たんご》の国由良《ゆら》の港の山椒太《さんしょだ》夫《ゆう》が、十三貫で買い受けたるは、御台所の祈りも届かずとはおいたわしや。

山椒太夫は幼いきょうだいを打ち眺《なが》め、

「さてもよい下人《しもべ》を買い取ったものじゃ。孫《まご》、曾孫《ひまご》の代までも下人として使えるとはうれしい限り」と喜ぶこと限りなし。

早速《さっそく》きょうだいを呼びつけると、

「名がなくては呼ばれぬ。そなたたちの名前はなんと申《もう》す」と問うに、

姉御《あねご》アンジュこの由《ゆえ》聞こしめし、

「それがしきょうだいは奥州の山の者であれば、姉は姉、弟は弟と呼び合い、ついに定まった名もございません。

国を三月十七日に出《い》で立ちて、直江《なおえ》の浦《うら》から売られたのを皮切りに、あまりの悲しさに数えてみれば、四十二もの手に売られながら、あちらでは売り物と呼ばれ、こちらでは商《あきな》い物と呼ばれ、ついに名もございませんでした。どうぞ良き名をつけてお使い下《くだ》さりませ」

と御身分《ごみぶん》をお隠《かく》しになる。

太夫《たゆう》この由《ゆえ》聞こしめし、

「もっともなことじゃ。ならば国里《くにさと》はどこじゃ。国名《くにな》をつけてやろう」と仰《おお》せなり。

「それがしきょうだいは伊達《だて》の郡信夫《こおりしのぶ》の荘《しょう》の者でございます」

「ならば、姉。御身《おんみ》が名を、しのぶと付ける。これまでのことは何もかも忘れ、太夫にしっかり奉公《ほうこう》するのじゃ。しのぶといえば、忘《わす》れ草《ぐさ》の別称《べっしょう》じゃ。弟が名は、その忘れ草と付けよう。

よいか、姉しのぶは、明日からは浜路《はまじ》に下《お》り、潮《しお》を汲《く》んでくるのじゃ。また弟の忘れ草は、日に三荷の柴《しば》を刈《か》って参《まい》れ」と申《もう》しあり、夜明けまえには鎌《かま》と天秤棒《てんびんぼう》、桶《おけ》と柄杓《ひしゃく》を二人に持たせたのでございます。

あらいたわしやきょうだいは、習うこともなく山と浜へと向かうのですが、アンジュは桶と柄杓をからりと捨てて、山の方《ほう》を見上げますと、

「この姉でさえ、大海《おおうみ》の潮を汲むことさえできぬというのに、ましてや鎌など手にしたこともない頭獅王《ずしおう》が、手元を狂わせて怪我《けが》でもしやしまいか。峰《みね》の風はさぞ寒かろう」と嘆《なげ》くばかりなり。

かたや山へ向かった頭獅王も、ある岩鼻《いわはな》に腰をかけ、浜の方を見下ろせば、

「それがしでさえ、この辺《あた》りにいくらでも生えた柴を刈ることさえできぬのに、あの白波《しらなみ》に男波《おなみ》女波《めなみ》があることも知らぬ姉上《あねうえ》のこと、桶や柄杓を波に取られてやいまいか。浜の潮はさぞ冷たかろう」

と、その日は山と浜とで泣き暮らしたのでございます。

そこへ里の山人《やまうど》たちが山から降《お》りて参《まい》りますと、

「このわっぱは、山椒太夫《さんしょだゆう》が所にきた新参《しんざん》の下人《しもべ》らしいが、山へ来て、柴《しば》も刈《か》らずに戻ったならば、邪見《じゃけん》なる太夫《たゆう》の三男、三郎が、きっと折檻《せっかん》して責め殺してしまうに違いない。人を助くるは菩薩《ぼさつ》の行《ぎょう》と聞く。仏になるための修行《しゅぎょう》と思えば、どうじゃ、みんなで少しずつ刈ってきた柴を、このわっぱに分けて勧進《かんじん》してやろうではないか」

と三荷《が》ほどの柴を持ち寄れば、

「さあ、これで荷をつくれ」と申《もう》す。

しかし頭獅王《ずしおう》、刈ったこともなければ、荷を積んだこともなしとお泣きある。

「それはもっとも」

と山人たちは、ならば代わりにと、頭獅王の荷までも積んでやったのでございます。

さて三荷の柴を担《かつ》いだ頭獅王が戻りますと、早速《さっそく》邪見な三郎が現れて、頭獅王を片手に、柴を片手に提《さ》げますと、山椒太夫の元へ参るなり、

「のう、お父上。このわっぱが刈った柴をご覧下《くだ》さい」

太夫は見るなり、

「さてなんじ、柴など刈ったことはないと申したが、見れば切り口は揃《そろ》い、束《たば》ね方《かた》もまるで土地の者のようではないか。これほどきれいに刈るのであれば、三荷は少ない。明日からは十荷刈《か》ってこい」と責めるのでございます。

あらいたわしや頭獅王は、涙を堪《こら》えて門外に立ち、姉の帰りを待っておりますと、あらいたわしや姉御《あねご》もまた、裾《すそ》は潮《しお》で濡《ぬ》らし、顔は涙で濡らしたまま、桶《おけ》を頭に載《の》せて戻って参ります。

頭獅王はその潮で濡れた裾にすがりつき、

「のうのう、姉御様《あねごさま》。聞いて下《くだ》さい。それがしが今日、柴《しば》を刈《か》られずおりますと、里の山人《やまうど》たちが情けで柴を分けてくれ、どうにか三荷《が》を持ち帰ったのですが、三荷の柴を刈るのが容易《ようい》なれば、明日からは十荷《か》刈ってこいと。姉御様、どうか三荷に戻してくれるよう詫《わ》びて下さいませ」

アンジュこの由《ゆえ》聞こしめし、

「そう嘆《なげ》くな、頭獅王《ずしおう》よ。わたしとて今日は潮《しお》が汲《く》めず、桶《おけ》と柄杓《ひしゃく》は波に取られたところを海人《あまびと》の情けに助けられ、どうにか今日の役は務めたが、明日《あす》を思うと、もうつらくて涙が出てくる。聞いたところによれば、山椒太夫殿《さんしょだゆうどの》には五人の息子があり、うち二番目の二郎殿と申すのは慈悲《じひ》第一《もう》のお人だという。そなたの役を三荷に戻してもらえるよう頼みましょう」

ときょうだい連れ立って、慈悲深き二郎殿にお頼み申す。

ところがこの由を聞きつけた邪見《じゃけん》なる三郎が、

「のう、父上殿。あのわっぱの柴は、里の山人どもの仕業《しわざ》と聞く。ならばここいら由良《ゆら》の家々千軒《げん》にお触れを出しておきましょう」

とは恐ろしいほどの邪悪《じゃあく》。

「山椒太夫が使う姫とわっぱに、山にて柴を刈ってやった者、浜にて潮を汲んでやった者には、隣《となり》七軒両向かい罪に問われるぞ」

とまで触れ回った三郎を、鬼とは思わぬ里の者はなし。

あらいたわしや頭獅王は、三郎が触れ回ったことも知らず、明《あ》くる日もまた昨日の岩鼻《いわはな》で里の山人を待ち、

「柴を分けて下さいませ、どうか思し召《おぼめ》しを」とお頼みある。

この姿に心潰《つぶ》された山人《やまうど》たちは互いに顔を見合わせて、

「何もそなたが憎いわけではない。柴《しば》を惜しむ者などおらぬ。しかし邪見《じゃけん》なる太《た》夫殿《ゆうどの》から、そなたに柴を分け与えた者は大罪《たいざい》に問うというお触れが回っておるのじゃよ。とはいえ、このまま見過ごしてゆくこともできぬ。そうじゃ、代わりに柴の刈《か》り方《かた》をこのわっぱに教えてやろう」

と鎌《かま》の使い方をみんなで教えて帰ったのでございます。

山人たちの深い情けに、頭獅王《ずしおう》もいつまでも泣いてはおられぬと腰の鎌を引き抜いて、名前も知らぬ木を一本切ってはみたものの、次は柴を束《たば》ねる術《すべ》を知らず。

「なんとも情けない。このような境遇の上に、柴一本まともに刈られぬとは」

と涙はあふれ、手元も狂ううち、

「人の寿命《じゅみょう》というのは、八十、九十、百まで続くものかもしれないが、それがしの寿命は十三年で一期《いちご》と思い切ってしまえば、もう悔いもない」

と守《まぶ》り刀《かたな》の紐《ひも》を解き、ここで自害《じがい》しようと決心なさるが、

「いや待てやしばし我《わ》が心。ここで自害するならば、浜におられる姉御《あねご》様と今生《こんじょう》での対面を、も一度だけ」

と守り刀を収め、鎌と天秤棒《てんびんぼう》を肩にかけ、姉御様への今生での別れに浜路《はまじ》へ駆《か》け下りたのでございます。

浜路では裾《すそ》を潮《しお》に濡《ぬ》らし、袖《そで》は涙にしょぼ濡れたアンジュが、柄杓《ひしゃく》を波に取られそうになりながらも潮を汲《く》んでおります。

頭獅王はその濡れた裾にすがりつき、

「のうのう、姉御様。それがしはあまりのつらさに自害しようと思うたが、姉御様、そなたに、も一度会いたくて、ここまでやって参《まい》りました」

と泣けば、姉御この由《ゆえ》聞こしめし、

「なんと哀《あわ》れな頭獅王《ずしおう》よ。実は姉のわたしもつい今しがたこの波に身を投げようと思ったところを思いとどまり、待った甲斐《かい》がありました。山と浜とで自害《じがい》すれば、限りの旅も心寂《さび》しいものとなりましょう。ならば頭獅王よ、こちらへいらっしゃい。姉とともにこの大波《おおなみ》に身を投げましょう」

と、袂《たもと》に小石を拾い入れ、急な岩鼻《いわはな》にお上がりなれば、

「さあ、頭獅王よ、わたしを越後《えちご》の直江《なおえ》の浦《うら》でお別れした母上と思って拝《おが》みなさい。わたしはそなたを、太宰府《だざいふ》は筑紫安楽寺《つくしあんらくじ》におられる父上と思って手を合わせましょう」

と、いよいよ大波に身を投げようとしたところ、偶然にも浜路《はまじ》をやって参《まい》りましたのは、やはり山椒太夫《さんしょだゆう》に使われている伊勢《いせ》の小萩《こはぎ》という女でございます。

「いやいや、きょうだいよ、お待ちなされ。お待ちなされ。見たところ、恐ろしき大波にその身を投げようとされておるご様子。しばし、しばしお待ちなされ。

命があればこそ、仙人《せんにん》が住むという蓬莱山《ほうらいさん》を見ることもできましょう。命があればこそ、また再び世に出ることもできましょう。今は太夫殿《たゆうどの》に仕《つか》えておりますこのわたしとて、実を申せば代々の下人《しもべ》でございません。国を申さば大和《やまと》の国、宇陀《うだ》の者でありますが、恐ろしい継母《ままはは》からの謂《いわ》れ無い中《ちゅう》傷《しょう》、讒訴《ざんそ》の果てに、伊勢の国二見《ふたみ》が浦から売られ買われ、あまりのつらさに手にした杖《つえ》に刻《きざ》みをつけて数えてみれば、この山椒太夫御殿《ごてん》まで四十二手に売り渡され、ここでもすでに三年の奉公《ほうこう》をしております。

何事も初めからは慣れませぬ。柴刈《しばか》りも、潮汲《しおく》みも、やっているうちにいつかきっと慣れて参ります。潮が汲めないのであれば、わたしが代わりに汲んであげましょう。ですからどうぞ、その命惜しみあれ」とお申しある。

姉御《あねご》この由聞《ゆえ》こしめし、

「ああ、まさにその潮汲みができずに、この命を投げようと思っておりました。

それができるのならば、どうしてこの命を捨てたいと思うでしょうか」

とお嘆《なげ》きある。

「ならば、この小萩《こはぎ》が、今日よりそなたの姉となりましょう」

「それならば、わたしどもはそなたを姉と慕《した》いましょう」

とて、三人はきょうだいの契《ちぎ》りを交《か》わし、太夫《たゆう》が邸《やしき》に戻ったのでございます。

昨日今日とて忙しく日は移りゆき、はや師走大晦日《しわすおおつごもり》となったころ、山椒太夫《さんしょだゆう》はふと思い立ち、邪見《じゃけん》なる三郎を近くに呼びつけますと、

「のう、三郎。あのきょうだいのことじゃが、山奥の者であるから正月のなんたるかも知らずに育ったのかもしれないが、ああやっていつも泣き顔をしておられたら、一年の不吉《ふきつ》が寄ってきそうで気が気ではない。あれらきょうだいを、三の木戸のわきに連れていき、柴《しば》で葺《ふ》いた小屋でも作らせて、そこに住まわせ

い」と仰《おお》せなり。

三郎は、いかにもと承《うけたまわ》り、三の木戸のわきに粗末《そまつ》な柴の庵《いおり》を作らせますと、早速《さっそく》二人を引っ立てたのでございます。

あらいたわしや姉御《あねご》様は、

「父上が流謫《るたく》の身だったとはいえ、伊達《だて》の郡信夫《こおりしのぶ》の荘《しょう》で暮らしていたころを思えば、正月といえば、身分の高い女官《にょかん》たちに囲まれて、破魔矢《はまや》で遊び、寵愛《ちょうあい》されていたものを、今年は柴の庵で年をとらされる。我《われ》らが国の言い伝えには、忌《い》まれる者こそ別屋《べつや》に置かれるべきものを、忌みも忌まれもせぬ我らを別屋に置くとは、どこの国の習《なら》わしでありましょうか。

寒かろうよ、頭獅王《ずしおう》や。ひもじかろうよ、頭獅王や。このまま太夫御殿《ごてん》で奉公《ほうこう》を全《まっと》うするなど、とうていできますまいぞ。この辺《あた》りでは、山の神を祭る初山《はつやま》が正月十六日と聞く。初山に向かったならば、もう姉に別れなど告げようとせず、そのまま山からお逃げなさい。逃げ落ちて、もしもめでたく世に出たならば、どうぞそのときはこの姉を迎えにきて下《くだ》さい」とお申《もう》しある。

頭獅王《ずしおう》は姉御様《あねごさま》の口に手を当てて、

「のうのう、姉御様。今の世の中、岩に耳、壁《かべ》の物言うご時世《じせい》であります。もしこのことを太夫《たゆう》一門に聞かれたならば、どのような仕打ちを受けるか分かりませんぞ」と心配なさる。

「とはいえ、家に伝わる系図の巻物を見れば、そなたが世に出てしかるべきお方《かた》であることは間違いがない。この侘《わび》しい柴《しば》の庵《いおり》に移されたのはきっとそのお告げなのですよ」

「とはいえ、姉御だけを打ち置いて、逃げることなどできようはずがありません」

アンジュこの由《ゆえ》聞こしめし、

「あのように、小鳥も連れ立ち枝から飛び立つ。足手まといにならねばよいが、ならばともに逃げ落ちて、万が一にはこの姉ひとりが小鳥となり、追っ手どもを惑《まど》わしましょう」

弟に逃げよ、ともに逃げようとの二人の問答《もんどう》を、藪《やぶ》の小鳥を狙いながら立ち聞きしておりましたのは邪見《じゃけん》なる三郎で、すぐに太夫御殿《たゆうごてん》に駆《か》け戻りますと、

「のう、太夫殿《どの》。あのきょうだいどもが、弟に逃げよ、ともに逃げようとの問答中。こうしている間にも逃げてしまうかもしれませんぞ」と申す。

太夫は忿怒《ふんぬ》して、

「連れて参《まい》れ」と命ずるなり。

三郎に引き連れられたるきょうだいは、まさか立ち聞きされているとは露《つゆ》とも知らず、正月三日の祝い物を下《くだ》さるのかもしれないと喜ぶ姿もいたわしや。

太夫は大《だい》の眼《まなこ》ではったときょうだいを睨《にら》むと、

「なんじらは十七貫《かん》で買い取って、まだ十七文《もん》ほども働いておらぬのに、

二人して逃げ出そうと算段するか。ならばこうしてやろう。たとえどんなに辺鄙《へんぴ》なところへ逃げようと、誰が見ても、なんじらがこの山椒《さんしょ》太夫《だゆう》に仕《つか》える下人《しもべ》だと分かるように、印《しるし》だ。印をせよ」と仰《おお》せなり。

邪見《じゃけん》なる三郎は、ならばと、天井《てんじょう》より殻粉《からこ》の炭を取り出すと、大庭《おおば》にきょうだいを打ち投げて、大団扇《おおうちわ》で火を焚《た》きに焚けば、矢じりをじっくりと熱したところで、いたわしや身の丈《たけ》ほどもあるアンジュの黒髪をくるくるとひん巻いて、自《みずか》らの膝《ひざ》の下に組み伏《ふ》せる。

いたわしや頭獅王《ずしおう》は、

「のうのう、三郎殿《どの》。それは本気か戯《たわむ》れか。きっと脅《おど》しのためなのでございましょう。そのような焼き金を当てられたなら、姉御《あねご》の命がありましょうか。たとえ命があったとて、太夫《たゆう》殿の五人の子息の嫁御《よめご》たちの、月見花見に姉がお供《とも》するとき、あのように見目形《みめかたち》の良かった姫が、いったいどんな過《あやま》ちを犯したというて、このような焼き金を当てられたのだろうかと、皆は訝《いぶか》しがり、姉の過ちを責めるのではなく、きっとご主人の御欠点《ごけってん》になりましょうぞ。どうぞ、姉御にお当てになる焼き金を、わたしに当てて下《くだ》さいませ。どうぞ姉御は許し、姉とわたしの、二つの焼き金を当てて下さいませ」

邪見なる三郎この由《ゆえ》聞くなり打ち笑い、

「一人一人に当ててこそ、印になるのじゃ」

と、十文字の金を真っ赤に焼き立て、アンジュが額《ひたい》に押し当てる。さすがの頭獅王もこれには堪《こら》えきれず、焼き金から逃げ出そうとすれば、三郎これを見るなり、

「なんじも口ほどにもない者よ。なに、逃げようとして逃がそうか」

と引き戻し、自らの膝の下に抱え込む。あらいたわしや姉御様は、熱き我《わ》が焼き金に手を当てながらも、

「のうのう、三郎殿《どの》。なんじは仏の罰《ばち》も利生《りしょう》も恐れぬお方《かた》かよ。この姉こそが、弟に逃げよと申《もう》した本人。男子の面《おもて》の傷は買ってでも持てと言われるけれども、傷にも名誉《めいよ》不名誉の隔《へだ》てがございます。これは恥辱《ちじょく》の傷なれば、二つなりとも三つなりとも、どうぞわたしにお当て下《くだ》さい、三郎殿。どうか弟はお許し下さい」

三郎さらに打ち笑い、

「一人一人に当ててこそ、印《しるし》になるのじゃ」

と、焼き金をじりりじりりと頭獅王《ずしおう》の額《ひたい》に押し当てる。

太夫《たゆう》この様子をご覧になり、

「いいか、悪いのはなんじらじゃ」

とどっと笑い、

「このような忌々《いまいま》しい口をきく者は、どんな拷問《ごうもん》をしても本当のことは言わぬと聞く。そんな者をそばに置いておけば、きっといつか不吉《ふきつ》なことが起こるに違いない。のう、三郎。このきょうだいを浜路《はまじ》へ連れて行き、八十五人でやっと持ち上がるような、あの松の木で作った大浴槽《だいよくそう》をひっくり返して、その中に閉じ込めておけ。食事もくれてやるな。ただ飢《う》え死《じ》にさせよ」と仰《おお》せなり。

「承《うけたまわ》りました、お父上」

と、三郎はきょうだいを浜路へ連れていきますと、松の木の湯船の下に閉じ込めたのでございます。

あらいたわしやきょうだいは、

「我《わ》が国の習いには、六月の晦日《つごもり》に茅《ち》の輪《わ》をくぐる夏越《なご》しのお祓《はら》いがあるが、こんな無体《むたい》な仕打ちはこの辺《あた》りの風習なのでしょうか。食事ももらえず、干し殺そうとはあまりに悲しや」

と姉は弟にすがりつき、弟は姉に抱きついて、流涕焦《りゅうていこ》がれて泣いたのでございます。

山椒太夫《さんしょだゆう》の五人ある息子の二番目となる二郎と申《もう》すのは、以前にも申した通り慈悲《じひ》第一の人でありまして、自《みずか》らが召し上がるはずの飯《はん》を、少しずつ残されて、御衣《ぎょい》の袂《たもと》にお入れになると、父、母、兄弟の目を忍び、夜々浜路《よるよるはまじ》へ下り立って、松の木の湯船の底の砂を掘り、ひもじい思いをしている二人に食事を分けたのでございます。

この二郎殿《どの》の御恩《ごおん》をお二人が忘れることなどありましょうか。

昨日今日と忙しく日は移りゆき、はや正月十六日を迎えたころ、太夫《たゆう》は三郎を呼びつけて、

「やあ、三郎。人の命というのは脆《もろ》いようで案外強いものかもしれぬぞ。浜路へ下りて、あのきょうだいの様子を見てこい」と仰《おお》せなり。

「承《うけたまわ》りました」

と三郎、すぐに浜路へ下りて松の木の湯船を返してみれば、あらいたわしやな、きょうだいは、二人揃《そろ》って土色《つちいろ》になっております。

早速《さっそく》三郎が、太夫殿の元へ連れ戻りますと、

「なんとも命冥利《みょうり》な者たちだ。なんじらの運に免じて、この度《たび》ばかりは干し殺し刑《けい》は取りやめじゃ。さあ、となれば、これまで通りにまた山へゆけ。浜へゆけ」

との仰《おお》せなり。

姉御《あねご》この由《ゆえ》聞こしめし、

「太夫殿。せめて山へなら山へ、浜へなら浜へ、どうぞ一緒にやって下《くだ》さいませ」

とお頼みある。

太夫この由聞くなり、

「なるほど、世の中には笑いものというものが一人くらいいた方《ほう》が良い。この姉を山へ行かせる。だが、髪はざんばらにして山へやれ」との仰せなり。

「承《うけたまわ》った」

と三郎は、あらいたわしや身の丈《たけ》もあるアンジュの黒髪を手にくるくるとひん巻いて、ふつと断ち切って山へやる。きょうだいの嘆《なげ》きはいかばかり。

あらいたわしや頭獅王《ずしおう》は、とぼとぼと前を歩く姉御《あねご》様をつくづくご覧になって、

「人には、仏の身に具足《ぐそく》して三十二の優《すぐ》れた相《そう》があると言うが、姉御様はさらに増やして四十二の優れた相をお持ちの方《かた》でございます。四十二相の、その一つが美しい黒髪でありましたのに、その黒髪をむごく断ち切られた今、その後ろ姿に漂《ただよ》う落胆《らくたん》に、わたしはただ思いやられ、悲しくて仕方がありません」

とお嘆きある。

姉御この由《ゆえ》聞こしめし、

「あれは幸せなときに似合う髪形。このような暮らしには所詮《しょせん》似合わぬものだったのでありましょう。それよりもこうしてきょうだい揃《そろ》って山へ行けることを

喜びましょう」

と、くじけそうな弟を励《はげ》ましながら、鹿や猪《しし》の通る獣道《ししみち》をゆく途中、ふと岩の洞《ほこら》に立ち寄ると、肌身離さず首から提《さ》げている守り金焼地蔵《かなやきじぞう》を岩鼻《いわはな》にお置きになり、

「母上様が仰《おお》せには、きょうだいの身の上に、もし災難がある時は、この地蔵菩《ぼ》薩《さつ》が身代わりにお立ちになるということだったが、もうここまで落ちてしまったならば、さすがの地蔵菩薩様の勇力《ゆうりき》も尽《つ》き果ててしまったのでありましょうな、悲しやな」とお嘆きある。

と、そのとき姉をご覧になった頭獅王が驚かれて申《もう》すには、

「なんと、姉御様の額《ひたい》の焼き金の跡が消えております」

姉御この由聞こしめし、

「なんと、頭獅王や、そなたの額にあった焼き金の跡もまた、もうないぞ」

と、改めて地蔵菩薩《じぞうぼさつ》をご覧になれば、仏の眉間《みけん》にあって光を放つ白毫《びゃくごう》という毛の生えるところに、なんと頭獅王《ずしおう》とアンジュの二つの焼き金を身代わりとなって受け取っておられたのでございます。

有難《ありがた》いこととは思いながらも、焼き金の痛みまだ生々《なまなま》しい姉御《あねご》は思わず、

「焼き金の跡がないのをあの邪見《じゃけん》なる太夫《たゆう》や三郎に見つかれば、きっとまた頭獅王は同じところに同じ焼き金を押されることになりましょう。どうぞ、痛くも熱くもないように、わたしの額《ひたい》に今のうち二つともお戻し下《くだ》さいませ」

とはあわれなり。

とはいえ、一度身代わりに立ったとあれば、あとへ戻らず。

「となれば、これも仏の思《おぼ》し召《め》し。のう、頭獅王や、これをついでに逃げ落ちなさい。逃げ落ちて、めでたく世に出たならば、きっとこの姉を迎えに来て下さい」

とお頼みある。

頭獅王この由《ゆえ》聞こしめし、

「逃げろとおっしゃるなら逃げましょう。しかし姉御もご一緒でなければなりません」

と手を引けば、

「のう、頭獅王や。よくお聞きなさい。わたしが太夫の邸《やしき》に戻り、時間かせぎをしているうちに、できるだけ遠くまで逃げ落ちるのです。そなたも焼き金には懲《こ》りたはず。さあ、心を決めるのです」

と、その手を打ち払い、

「さあさあ、急いで別れの杯《さかずき》を交《か》わしましょう」

と辺《あた》りを見回せば、谷の清水《しみず》を酒と名付け、柏《かしわ》の葉を杯として、一度恭《うやうや》しくお参《まい》りすれば、

「さあ」

と頭獅王《ずしおう》に差し上げながら、

「これまで、肌身離さずにいたこの地蔵菩薩《じぞうぼさつ》も、今日からはそなたに預けます。よいか、頭獅王、決して短気の心を持ってはなりませんよ。短気になれば、かえって未練《みれん》が生まれるものです。そして、まずは寺を訪ね、出家《しゅっけ》をお頼みするのです。よいですか。ならば、早く、早く逃げ落ちるのです。いつまでもいつまでも、そなたを見ていたいと心が乱れます。

やあやあ、頭獅王よ。このように薄雪《うすゆき》の降《ふ》ったときには、足に履《は》いた草鞋《わらじ》を後ろ前逆にして、しっかりと履くのですよ。杖《つえ》もたまには持ち替えて、いいですか、気をつけてゆくのですよ。ならばさあ、早く」

と、さらばさらばの暇乞《いとまご》いでございます。

いたわしや姉御《あねご》様は、

「とうとう弟が行ってしまいました。明日《あす》からは誰を弟と思ってお話をすればよいのやら」

と泣きて嘆《なげ》いて、こぼれる涙を押しとどめ、人の刈《か》り残した柴《しば》を拾い集めると、頭の上にどうと載《の》せ、杖を拾い取ってとぼとぼと太夫御殿《たゆうごてん》に戻ったのでございます。

表《おもて》の櫓《やぐら》に上がり、遠くを物見《ものみ》していた太夫は、一人戻った姉御を見るなり、

「弟はどうした」とお尋ねになる。

姉御この由《ゆえ》聞こしめし、

「今日わたしが、浜へなら浜へ、山へなら山へと、せめて一緒に行かせて下《くだ》さいとお頼みしたのでありますが、弟はこのように髪をざんばらに切られた愚《おろ》かな姉と一緒に行くよりも、里の山人《やまうど》たちと一緒の方《ほう》がよいと連れ立ったのでありますす。

ひょっとしてまだ帰らぬところをみれば、山路《やまみち》で道を踏み迷ったのかもしれません。どうぞ、わたしを探しに出して下《くだ》さいませ」とお頼みある。

太夫《たゆう》は聞くなり、

「涙にも五つの品《しな》があるという。面涙《めんるい》、怨涙《おんるい》、感涙《かんるい》、愁嘆《しゅうたん》、そして今、なんじの頰《ほお》をこぼれておる涙はどう見ても、弟をまんまと逃がした喜びの涙にしか見えてこぬぞ。さあ、言え。弟はどこにおる。おい、三郎。この女を責めて問え」

と仰《おお》せなり。

邪見《じゃけん》なる三郎は、「承《うけたまわ》り」とて、十二段の梯子《はしご》に、いたわしやアンジュ姫を絡《から》みつけ、湯責め水責めにして尋問する。

しかしそれでも落ちぬアンジュに腹を立て、三つ目の錐《きり》を取り出せば、膝《ひざ》の皿をからりからりと揉《も》んで問う。

アンジュいよいよ堪《こら》え切れず、

「少しだけお話を聞いて下さい」とお頼みある。

太夫この由《ゆえ》聞くなり、

「話をせよと責めているのじゃ、さあ話せ」とお申《もう》しあれば、

「もし弟が山から戻るようなことがあれば、『姉は弟のために、責め殺されました』とお伝え下さい。そしてどうぞ弟だけはお目をかけられ、お使い下さいますよう、お願い申し上げます」とお頼みある。

太夫この由聞くなり、

「こちらが問うことは何も答えずに、言いたいことだけを言うこの女め。言いたいことなど言えぬようにしてしまえ」と仰《い》せなり。

邪見なる三郎は、天井《てんじょう》より殻粉《からこ》の炭を取り出だし、大庭《おおば》にずっぱと移して火を焚《た》かせ、大団扇《おおうちわ》で扇《あお》ぎ出す。

いたわしや姫君は束《たば》ねた髪を引っ摑《つか》まれて、

「熱ければ落ちよ、落ちよ落ちよ」

と責め続けられれば、責め手は強し、受ける姫君の身は弱し。

容赦《ようしゃ》ない責め苦に耐えられるはずもなく、時は正月十六日の正午《ひる》前、弟の身を守り抜いた姉御《あねご》様は、十六歳を一生として、ここに責め殺されたのでございます。

太夫《たゆう》はこの様子を見るなり、

「なんとも命のもろい女かな。それはそこに打ち捨てておけ。逃げた弟はまだ幼い者であるから、そう遠くまでは逃げておらぬぞ。すぐに追っ手を向けろ」

と八十五人の手下どもを四つに分けて追いかけさせる。

いたわしや頭獅王《ずしおう》は、太夫らがきっと今ごろ姉御を打つか、叩《たた》くか、苛《さいな》むかしているはずだと気が気でなく、今ならまだ姉御の元へ戻れる、いや先へ進もうかと、いよいよ峠の岩に腰をかけたところ、ふと後ろを振り返れば、こちらへ向かってくるのは山椒太夫《さんしょだゆう》で、五人の息子はもちろん、多くの手下どもを引き連れている。

諏訪八幡《すわはちまん》も御示現《ごじげん》あれ。こう多勢《たぜい》に無勢《ぶぜい》では、これ以上逃《のが》れることは不可能と、頭獅王は守《まぶ》り刀《かたな》の紐《ひも》を打ち解《ほど》いて、いかなる上は、山椒太夫の胸にこの刃《やいば》を突き立てて、明日《あす》はこの世の塵《ちり》となろうと覚悟《かくご》を決めるも、

「いや待てよしばし我《わ》が心」

姉御様は別れぎわ、短気の心を持ってはならぬと言っておられたと思い出し、ならば命運《めいうん》尽《つ》きるまで逃げ落ちてみようと立ち上がる。

ちりりちりりと逃げる途中、偶然会った里人《さとびと》に、

「この辺《あた》りに寺はございませんか」

と尋《たず》ねれば、

「国分寺《こくぶんじ》という寺がありますよ」

と教えてくれる里人《さとびと》に、

「本尊《ほんぞん》は何か」と重ねて尋《たず》ねる。

「毘沙門《びしゃもん》」と答えあり。

「なんと有難《ありがた》いことでありましょう。わたしが肌身離さず持っております地蔵菩《じぞうぼ》薩《さつ》も、神体《しんたい》としては毘沙門なり。きっと力添えして下《くだ》さることでしょう」

と、さらにちりりりちりりりと逃げ落ちるうち、幸運にもその国分寺《こくぶんじ》へとお着きになったのでございます。


お聖《ひじり》は正午《ひる》のお勤《つと》めの最中《さなか》でございましたが、頭獅王《ずしおう》は打ち入って、

「のう、お聖様。あとより追っ手が参《まい》ります。絶体絶命の身でございます。どうか姿を隠《かく》させて下さいませ」とお頼みある。

お聖この由《ゆえ》聞こしめし、

「なんじのような幼子《おさなご》が、いったいどんな罪を犯したと申《もう》すのじゃ。詳しく話してご覧なさい」と仰《おお》せなり。

頭獅王は聞こしめし、

「それも命あっての物語。まずは姿を隠して下さいませ」とお頼みある。

「さて、もっともなことを言う幼子じゃ」

とお聖は、僧家《そうか》の寝所《しんじょ》から古い皮籠《かわご》の行李《こうり》を取り出すと、頭獅王を中へ入れ、縦《たて》縄横縄《なわよこなわ》むんずと掛けて、天井《てんじょう》の垂木《たるき》に吊《つ》るし、あとは知らぬ顔をして先ほどのお勤めに戻ったのでございます。

なにしろまだ正月十六日のこと、雪道に残った頭獅王の足跡《あしあと》を追って、ここ国分寺までやってきた太夫《たゆう》ども、まずは五人の息子たちがお聖に向かえば、

「お聖よ。今ここにわっぱが来たはずじゃ。さあ、どこにおる?」と尋ねある。

お聖《ひじり》この由《ゆえ》聞こしめし、耳が遠いわけでもないのに、

「さて、なんと仰《おっしゃ》る。春の日の寂《さび》しさに、先祖のためにと、ご馳走《ちそう》のお布施《ふせ》をしたいと仰るか」とおとぼけになる。

三郎は呆《あき》れ果て、

「なんとも食い意地の張ったお聖かな。ご馳走のお布施などはあとの話だ。まずは逃げ込んだわっぱを出せ」と怒り出す。

お聖この由聞こしめし、

「なに、わっぱとな。今やっと聞こえました。この法師《ほうし》に、わっぱを出せと仰るか。それがしは百日の特別な仏事《ぶつじ》に心を入れおる真《ま》っ最中《さいちゅう》。わっぱやら、盗賊《とうぞく》やらの番はしておらぬわ」と仰《おお》せなり。

「なんとも食えぬお聖かな。ならば、こちらで勝手に寺中《じちゅう》を探すまでじゃ」

との三郎に、

「どうぞ結構《けっこう》」とお聖お答えある。

身の軽い三郎が、本堂《ほんどう》、長押《なげし》、庫裡《くり》、寝所《しんじょ》、天井《てんじょう》の裏板《うらいた》まで外《はず》して探してみても、不思議なるかな、どこにもわっぱの姿なし。

「こんなことがあるものか」

三郎はどっかと床《ゆか》に腰を据《す》え、

「裏口へも、他の門口《かどぐち》へも、わっぱの出ていった足跡《あしあと》はない。となれば、お聖が隠《かく》しているのは間違いがない。さあ、わっぱを出せ。いや、もしそれでも知らぬと言い張るならば、仏に仕《つか》える者のその命をかけた大誓文《だいせいもん》を、いざここで立ててみろ。ならば、それがしも諦《あきら》めて由良《ゆら》の港に戻ってやろう」と申《もう》すなり。

お聖《ひじり》この由《ゆえ》聞こしめし、

「わっぱなど知りもせぬが、誓文《せいもん》を立てろと言うのなら立てましょう。そもそもわたしはこの国の者にあらず。国も申《もう》さば大和《やまと》の国、宇陀《うだ》の郡《こおり》の者であるが、七歳のときに播磨《はりま》は天台宗《てんだいしゅう》の大道場《だいどうじょう》に学び、十歳で髪を剃《そ》り、二十歳で高座《こうざ》に上がった身の上、幼いころから習いたるお経《きょう》を、ただ今誓文にして立て申しましょう。よいか。

そもそもお経の数々は、華厳《けごん》に阿含《あごん》・方等《ほうどう》・般若《はんにゃ》・法華《ほっけ》に涅槃《ねはん》、並びに五部の大蔵経《だいぞう》・薬師《やくし》経・観音経《かんのんぎょう》・地蔵《じぞう》お経・阿弥陀《あみだ》お経に、小文《こぶみ》に古経《こぎょう》は、すべて七千余巻に記されたり。よろずの罪の滅《めっ》する経が、血盆《けつぼん》経・浄土《じょうど》の三部お経、倶《く》舎《しゃ》の経が三十巻、天台《てんだい》が六十巻、大般若《だいはんにゃ》が六百巻、それ法華《ほけ》経が一部八巻二十八品《ほん》、文字《もんじ》の数が六万九千三百八十四文字《もじ》に記されたり。もしわたしがこれから偽《いつわ》りを申すならば、これらすべてのお経に誓って神罰《しんばつ》を受けるなり。

わっぱについては、何も知らぬ」

さて太夫《たゆう》この誓文聞くなり、

「のう、お聖様。そもそも誓文などというものは、日本国の大神《だいじん》・小神《しょうじん》すべての神を敵に回して誓うからこそ値打ちがあるもの。今お聖が立てたのは、幼いころから習ってきたお経など、檀家騙《だんかだま》しの単なる経尽《つ》くし程度のものではないか。そんなものを誓文などと呼べるわけがない」と責め立てる。

いたわしやお聖様は、今立てた誓文でさえ、出家《しゅっけ》の身の上ではなんともつらいものであるのに、さらに立て直せとはあまりにむごいが、とはいえ、わっぱを出せるはずもない。今わっぱを出せば、殺生戒《せっしょうかい》を破ることになり、しかしまた誓文立てれば、妄語戒《もうごう》を破ることになるが、いや、ならば、破ってやろうではないか妄語戒と、

「のう、太夫殿《どの》、三郎殿。誓文を立て直せと言うのであれば、今にも立て直すぞ、ご安心あれ」とお申しある。

お聖《ひじり》はうがいにて身を清め、湯垢離《ゆごり》七度、水《みず》垢離七度、潮《しお》垢離七度に、二十一度の垢離《こり》をとり、護摩木《ごまぎ》を焚《た》く壇《だん》をお作りになると、矜羯羅《こんがら》・制吒迦《せいたか》したがえた倶利迦《くりか》羅不動明王《らふどうみょうおう》を岩の上に立て、黒龍《こくりゅう》となって剣を呑《の》むその姿を真《ま》っ逆《さか》さまにしてお飾りになる。

寝所《しんじょ》より美濃紙《みのがみ》四十八枚取り出《い》だし、十二の御幣《ごへい》を護摩の壇に飾り垂らせば、すでに誓文《せいもん》を超え、太夫《たゆう》どもを呪詛《じゅそ》する迫力なり。

「敬《うやま》って申《もう》す」

悪魔煩悩《ぼんのう》を破砕《はさい》するという独鈷《とっこ》握って、鈴《れい》を振り、平珠《ひらたま》の数珠《じゅず》をさらりさらりと押し揉《も》んで、

「謹《つつしんで》　上《たてまつる》散供《さんぐ》再拝《さいへい》再拝《さいはい》。上《かみ》に梵天帝釈《ぼんてんたいしゃく》、下《しも》には四大天王《てんのう》・閻魔法王《えんまほうおう》・五道《ごどう》の冥官《みょうかん》、大神《だいじん》に泰山府君《たいさんぼくん》。下界《げかい》の地には、伊勢《いせ》は神明天照大神《しんめいてんしょうだいじん》、外宮《げくう》が四十末社《まっしゃ》、内宮《ないくう》が八十末社、両宮《りょうぐう》合わせて百二十末社の御神《おかみ》、ただ今勧請《かんじょう》申し奉《たてまつ》る。

熊野《くまの》には新宮《しんぐう》・本宮《ほんぐう》、那智《なち》に飛滝権現《ひろうごんげん》、神《かん》の倉には十蔵《じゅうぞう》権現、那智の滝本《たきもと》に千《せん》手観音《じゅかんのん》、初瀬《はせ》は十一面観音、吉野《よしの》に蔵王《ざおう》権現、子守《こもり》・勝手《かって》の大明神《だいみょうじん》、大和《やまと》に鏡《かがみ》作《つくり》・笛吹《ふえふき》の大明神、奈良は七堂大伽藍《だいがらん》、春日《かすが》は四社《ししゃ》の大明神、転害牛頭《てんがいごず》天王、若《わか》宮八幡大菩薩《みやはちまんだいぼさつ》、下《しも》つ河原《かわら》・かもつ河原・たちうち・べつつい・石清水《いわしみず》、八幡《やはた》は正八幡《しょうはちまん》、西の岡に向日《むこう》の明神、山崎《やまさき》に宝寺《たからでら》、宇治《うじ》に神明《しんめい》、伏見《ふしみ》に御香《ごこう》の宮《みや》、藤の森の大明神、稲荷《いなり》は五社の御神、祇園《ぎおん》に八大天王、吉田《よしだ》は四社の大明神、御霊《ごりょう》八社、今宮三社の御神、北野殿《きたのどの》は南無天満天神《なむてんまんてんじん》、梅の宮、松の尾七社の大明神、高きお山に地蔵《じぞう》権現、ふもとに三国《さんごく》一の釈迦如来《しゃかにょらい》、鞍馬《くらま》の毘沙門《びしゃもん》、貴船《きぶね》の明神・賀茂《かも》の明神、比叡《ひえ》の山に伝教大師《でんぎょうだいし》、ふもとに山王《さんのう》二十一社、打下《うちおろし》に白髭《しらひげ》の大明神、琵琶湖《びわこ》の上に竹生島《ちくぶじま》の弁財天《べんざいてん》、お多賀《たが》八幡大菩薩、美濃《みの》の国にながえの天王、尾張《おわり》に津島《つしま》・熱田《あつた》の明神。

坂東《ばんどう》の国に、鹿島《かしま》・香取《かんとり》・浮洲《うきす》の明神《みょうじん》、出羽《でわ》に羽黒《はぐろ》の権現《ごんげん》、越中《えっちゅう》に立山《たてやま》、加賀《かが》に白山《はくさん》、敷地《しきじ》の天神《てんじん》、能登《のと》の国に伊須流岐《ゆするぎ》の大《だい》明神、信濃《しなの》の国に戸隠《とがくし》の明神、越前《えちぜん》に御霊《ごりょう》の御神《おかみ》、若狭《わかさ》に小浜《おばま》の八幡《はちまん》、丹後《たんご》に切戸《きれと》の文殊《もんじゅ》、丹波《たんば》に大原《おばら》八王子、津《つ》の国に降《ふ》り神《かみ》の天神、河内《かわち》の国に恩地《おんじゅ》、枚岡《ひろうおか》、誉田《こんだ》の八幡、天王寺《てんのうじ》に聖徳太子《しょうとくたいし》、住吉《すみよし》四社の大明神、堺《さかい》に三《みつ》の村、大鳥《おおとり》五社の大明神、高野《こうや》に弘法大師《こうぼうだいし》、根来《ねごろ》に覚鑁《かくば》上人《しょうにん》、淡路島《あわじしま》に、諭鶴羽《いずりは》の権現、備中《びっちゅう》に吉備《きび》の宮、備前《びぜん》にも吉備の宮、備後《びんご》にも吉備の宮、三が国の守護神《しゅごしん》を、ただ今ここに勧請申《かんじょうもう》し奉《たてまつ》る。

さて筑紫《つくし》の地に入りては、おさらかに四国のほてん、鵜戸《うど》・霧島《きりしま》、伊予《いよ》の国に一宮《いっくう》、ぼだいさん、たけの宮の大明神。総じて神の総政所《そうまんどころ》、出雲《いずも》の大社《おおやしろ》、神の父は佐陀《さだ》の宮、神の母が田中の御前《ごぜん》、山の神が三十五王、いわんや梵天《ぼんてん》・鬼魅《きみ》・樹神《こたま》、屋の内に、地神荒神《ちじんこうじん》・三宝荒神・八大荒神・竈《へっつい》、七十二社の宅《やけ》の御神に至るまで、ことごとく誓文《せいもん》に立て申す。

かたじけなくも、神数《かみかず》九万八千七社の御神、仏の数が一万三千仏、もしもわたしの申すことに偽《いつわ》りあらば、これらすべての神々の罰《ばち》を受け申す。なにもこの身のことだけを言うのではない。一家一門、六親眷族《ろくしんけんぞく》、百年、千年、二千年。堕《だ》罪《ざい》の車に乗せられて、たとえ修羅《しゅら》三悪道に引き落とされたとて、ここに誓文を立て申す。

わっぱについては何も知らぬ」

太夫《たゆう》この由《ゆえ》聞くなり、

「お聖《ひじり》、なんとも見事。心のこもった誓文《せいもん》でございました。明日《あす》からでも檀家《だんか》となり、お布施《ふせ》させていただきましょう」と仰《おお》せなり。

ただ、ここで三郎この由聞くなり、

「ちょっと待って下《くだ》さい、お父上。ここに一つ不思議なことがございます。あの天上の垂木《たるき》に吊《つ》るされた皮籠《かわご》の行李《こうり》ですが、掛けられた縄《なわ》はまだ新しく、なにより風も吹かぬのにひと揺れふた揺れと動いております。あの中身を確かめないで戻るとなれば、きっと一生の悔やみとなりましょう」

兄の太郎はこの由聞くなり、

「のう、三郎よ。このような古寺《ふるでら》には古経《ふるぎょう》や古仏《ふるぼとけ》など不要なものをあのように吊る習慣があるものよ。昨日吊ったものもあれば、また今日吊ったものがあっても珍《めずら》しくもない。それに外では風が吹かずとも、屋根と樹神《こたま》が響き合い、内に風が立つこともある。そもそも、たとえあの皮籠《かわご》の中にわっぱがいたとして、今のお聖《ひじり》の誓文《せいもん》を聞いてしまったからには、今さらあのわっぱを使うことはできないぞ。考えてみろ、使えるわっぱなら他にもいくらでもいるではないか。まあここは、兄に免じて許してやれ」

三郎この由《ゆえ》聞くなり、

「兄上のご意見はごもっともだが、それがしには未熟な仏心《ぶっしん》や生道心《なまどうしん》としか思われません。やあやあ、そこ退《の》きたまえ」

と刀の鞘《さや》を外《はず》すが早いか、吊《つ》った縄《なわ》を断ち切って、下へ降《お》ろすのももどかしく、縦縄横縄《たてなわよこなわ》むんずと切って、いざふたを開けて見てみれば、頭獅王《ずしおう》の首から提《さ》げた地《じ》蔵菩薩《ぞうぼさつ》が金色《こんじき》の光を放ち、三郎はその両目を塞《ふさ》がれて、縁《えん》から下へ転げ落ちたのでございます。

太郎はこの様子をご覧になるなり、

「そら、言わぬことはない。今なんじの命が取られなかったのは仏様のご加護《かご》だぞ。早く元のようにその皮籠を吊るしておけ」

と縦縄横縄むんずと掛けて、元のように吊るしてしまうと、兄太郎の肩を借りて由良《ゆら》の港へ戻る三郎の姿は、なんと面目《めんぼく》ないものでありましょうか。

いたわしやお聖様は、もしもわっぱが連れて行かれようとしたならば、自《みずか》らにも縄を掛けろと申《もう》すおつもりだったところ、それにしても皮籠の中にいらしたのは神の力か、仏神《ぶっしん》通ずる者かと驚きある。

すぐに皮籠に近寄って、

「わっぱは無事か」

とお問いあれば、頭獅王は弱々しい声ながら、

「わたしは無事ですが、太夫《たゆう》の一門はもう辺《あた》りにおりませんか」とお尋《たず》ねある。

「ご安心しなさい。もう誰もおらぬよ」

と、お聖《ひじり》が皮籠《かわご》を降《お》ろしてふたを開けて見てみれば、あら有難《ありがた》や、地蔵菩薩《じぞうぼさつ》は未《いま》だ金色《こんじき》の光を放っております。

頭獅王《ずしおう》は皮籠の中より跳《と》んで出て、お聖様にすがりつき、

「のうのう、お聖様。名乗るつもりはございませんでしたが、実はそれがし、奥州《おうしゅう》五十四郡《ぐん》の主《ぬし》、岩城《いわき》の判官正氏殿《はんがんまさうじどの》の総領《そうりょう》にして、頭獅王と申《もう》す者。それがしの父は、慈悲《じひ》の心を持ったがために、良からぬ者たちの策にかかり、筑紫安楽寺《つくしあんらくじ》へ流されて憂《う》き思いしておわします。

それがしは、父の免罪符となる御判《ごはん》を申し受けに京《みやこ》へ上《のぼ》ろうと、信夫《しのぶ》の荘《しょう》を出ましたが、越後《えちご》の国の直江《なおえ》の浦《うら》から、あちらこちらへと売られたあとに、あの山椒太夫《さんしょだゆう》に買い取られ、刈《か》れもせぬ柴《しば》を刈らされ、汲《く》めもせぬ潮《しお》を汲まされ、いよいよここまで落ちのびてきたのでございます。

まだ太夫《たゆう》の邸《やしき》には姉が一人残っておりますが、その姉がそなただけでも逃げ落ちよ、と背中を押してくれたのでございます。ですからそれがしはどうしても京へ上らねばなりません。

お聖様、どうか京への道筋《みちすじ》を、それがしに教えて下《くだ》さりませ」

お聖この由《ゆえ》聞こしめし、

「まだあどけない頭獅王よ。きっと太夫たちはすでに数多《あまた》の手下を五里《り》も三里も先まで送っていることであろう。そこへ、まだあどけないそなただけを行かせることなど誰にできましょうか。いっそのこと、わたしがそなたを京まで送り届けてやりましょう。たとえどんなに険《けわ》しい峠があろうとも、何年、何十年、何百年かかろうと、きっとそなたの願いを叶《かな》えてあげると約束いたしましょう」

と言うが早いか、お聖は頭獅王を元の皮籠へ入れ、縦縄横縄《たてなわよこなわ》むんずと掛けて、自《みずか》らの背中にどうと負《お》い、上には古い衣《ころも》をかけて、

「町屋関屋《まちやせきや》の関々《せきぜき》で、『聖《ひじり》は何を背負うておる』と問われても、『これは丹後《たんご》の国国分寺《こくぶんじ》の金焼地蔵《かなやきじぞう》であるが、あまりにも古びたため、京《みやこ》へ上《のぼ》り仏師《ぶっし》に彩色《さいしき》させるのじゃ』と答えれば、咎《とが》める者もそうあるまい」

と丹後の国を立ち出《い》でて、いばら・ほうみはこれとかや。鎌谷《かまだに》・みじりを打ち過ぎて、くない・桑田《くわた》はこれとかや。くちこぼりにも聞こえたる、花に浮き木《ぎ》の亀山《かめやま》や。年は寄らぬとおもいの山、沓掛峠《くずかけ》を打ち過ぎて、桂《かつら》の川を打ち渡り、川勝寺《せんじょうじ》・八町畷《はっちょうなわて》を打ち過ぎて、お急ぎあれば程はなし、京の西に聞こえたる、西の七条朱雀《しゅしゃか》、権現堂《ごんげどう》にお着きある。

権現堂にて降《お》ろした皮籠《かわご》のふたを開ければ、あらいたわしや、皮籠の中があまりに窮屈《きゅうくつ》だったのか、はたまた凍傷《とうしょう》にでもおかかりなされたか、立たせようにも頭獅王《ずしおう》の腰は立たず、その目は目やにに潰《つぶ》れて開くことなし。

お聖は、道ゆく人を呼び止めて、

「助けて下《くだ》され、どなたか助けて下され」

とその裾《すそ》にすがりつくも、取りつく島もなし。

そのうち寄ってきた女房《にょうぼう》が、いたわしや頭獅王をお抱えになり、

「東の国にあると聞く、龍《りゅう》の鱗《うろこ》を煎《せん》じた秘薬《ひぐすり》を飲めば、きっと助かるものを」

とお嘆《なげ》きある。

お聖この由《ゆえ》聞こしめし、

「妄語戒《もうごかい》を破り、大誓文《だいせいもん》立てて救ったこの命。ここで絶ち切らせてなるものか。何年、何十年、何百年かかろうと、きっと願いを叶《かな》えてやるとの契《ちぎ》りは忘れておらぬ」

と、いたわしや頭獅王を元の皮籠へ入れ、縦縄横縄《たてなわよこなわ》むんずと掛けて、自《みずか》らの背中にどうと負《お》い、上には古い衣《ころも》をかけければ、

「百年かかろうと、三百年背負おうと、千年歩こうと、いたわしや頭獅王《ずしおう》や、きっとそなたの願いをこの聖《ひじり》は叶《かな》えてあげましょう」

と、七条朱雀《しゅしゃか》の権現堂《ごんげどう》を立ち出《い》でて、三条大橋・八坂《やさか》の塔はこれとかや。

大津走井《おおつはしりい》の井戸で水を汲《く》み、草津《くさつ》の早駕籠《はやかご》、土山《つちやま》春の雨、

筆捨山《ふですてやま》を打ち過ぎて、雪晴れ亀山《かめやま》二本松、庄野《しょうの》の白雨《はくう》は百年やまず、

四日市《よっかいち》知らぬ同士が侘《わび》しい河原《かわら》ですれ違い、

源氏北条《げんじほうじょう》、桑名《くわな》で七里《り》打ち渡り、かなたに元寇《げんこう》の波立たば、熱田《あつた》を駆《か》ける俄馬《にわかうま》、

岡崎《おかざき》・藤川《ふじかわ》打ち過ぎて、すでに遠き京《みやこ》は応仁《おうにん》の灰塵《かいじん》となり、

山城《やましろ》・加賀《かが》に一揆《いっき》あれば、赤坂《あかさか》は旅舎《りょしゃ》の飯盛《めしもり》女、

瞽女《ごぜ》渡る二川《ふたがわ》に、厳しき調《きび》べで知らるる新居《あらい》の関所、

今切《いまぎれ》の渡しに富士の山、ざざんざの松、

火伏《ひぶ》せの神を打ち過ぎて、日坂《にっさか》にあるは夜泣き石、

早立ちの軍勢は一万三千、燃え上がる本能寺《ほんのうじ》はこれとかや。
安土《あづち》・桃山《ももやま》打ち過ぎて、大井川《おおいがわ》の徒行《かち》渡し、
人馬《じんば》継立《つぎた》て藤枝《ふじえだ》の、伊勢《いせ》物語に宇津《うつ》の山、杣人《そまびと》すれ違うはこれとかや。
丸子《まりこ》の弥次喜多《やじきた》はこれとかや。
駿河《するが》府中《ふちゅう》を打ち過ぎての三保《みほ》の松原、
大坂《おおさか》は夏冬の陣を打ち過ぎて、
禁中並公家諸法度《きんちゅうならびにくげしょはっと》、由井《ゆい》の薩埵《さった》峠は富士の絶景、
蒲原《かんばら》の雪二百年、原《はら》の鶴《つる》は三百年、愛鷹《あしたか》の山、
天明《てんめい》の飢饉《ききん》に三島明神《みしまみょうじん》・箱根権現《はこねごんげん》打ち過ぎて、
太閤《たいこう》秘策の小田原《おだわら》城、浦賀《うらが》に立つ黒船ペリーとはこれとかや。
皮籠《かわご》に揺られて、ほうれほれ。
百年揺られて、ほうれほれ。

大磯《おおいそ》に降《ふ》る雨は曽我十郎《そがのじゅうろう》の討《う》ち死《じ》に虎御前《とらごぜん》が流した涙、
禁門《きんもん》・薩長《さっちょう》・王政復古《おうせいふっこ》の大号令、
平塚《ひらつか》・藤沢《ふじさわ》打ち過ぎて、日清日露《にっしんにちろ》の大行進、
弁財天《べんざいてん》に大山権現《おおやまごんげん》、深編笠《ふかあみがさ》の虚無僧《こむそう》が橋を渡るは保土ヶ谷《ほどがや》の宿《しゅく》、
皮籠《かわご》揺らぐ、大地揺らぐは相模《さがみ》トラフの大震災、
野毛《のげ》の岬に雲が立ち、霊場《れいじょう》に納《おさ》める六十六部、
5・15、2・26、1945、8・15とはこれとかや。

人は時、時は人、
権現様のお許し以来、赤線青線《あかせんあおせん》に立つのは飯盛《めしもり》女、
省線《しょうせん》の引き込みに並ぶバラックに散る花は、千代《ちよ》に八千代《やちよ》に千年桜、
吉原《よしわら》・洲崎《すさき》を打ち過ぎて、オリンピックの御一新《ごいっしん》、

磯の香りの品川《しながわ》宿に立つ泡は、けいきけいきと音を立て、
神武《じんむ》・綏靖《すいぜい》・安寧《あんねい》・懿徳《いとく》、
皮籠は揺られて、ほうれほれ。
頭獅王《ずしおう》恋しや、ほうれほれ。
明治・大正・昭和・平成、
皮籠は揺られて、ほうれほれ。
令和恋しや、ほうれほれ。
銀座・赤坂・四谷《よつや》を打ち過ぎて、

内藤新宿《ないとうしんじゅく》とはこれとかや。

内藤新宿の御苑《ぎょえん》の門口《かどぐち》に着いたお聖《ひじり》が、五百年背負ってきた皮籠《かわご》を降《お》ろし、七百年ぶりにふたを開けて見れば、ぐったりとした頭獅王《ずしおう》はやはり腰も立たず、両の目は目やにに潰《つぶ》れて開きもせず。

お聖この様子をご覧になり、

「いたわしや頭獅王よ、わたしがそなたを背負って歩いてきた年月は、ゆうに八百年を過ぎてしまった。最後までそなたに付き添うと約束したが、わたしの力もいよいよ尽《つ》きた。面目《めんぼく》次第もないことだが、頭獅王よ、わたしはここでお暇《いとま》申《もう》すしかない」と仰《おお》せなり。

あらいたわしや頭獅王は、

「命の親のお聖様には感謝しかございませんが、これから丹後《たんご》の国へお戻りあると聞けば、この潰れた目に見えてくるのは、山椒太夫《さんしょだゆう》の邸《やしき》に残した姉御《あねご》の姿。となれば、恋しいのは丹後の国も同じこと。

命の親のお聖様《ひじりさま》に、何か形見《かたみ》をお渡ししたいと思いますが、このような姿となり果てましては、この首に提《さ》げた地蔵菩薩《じぞうぼさつ》か、守《まぶ》り刀《かたな》しかお渡しできるものもございません」とお申《もう》しある。

お聖この由《ゆえ》聞こしめし、

「そなたの命を助けたのが、この聖《ひじり》だとお思いか。

その地蔵菩薩のお助けあってのことですぞ。決して手放してはなりません。

そして侍《さむらい》というのは、守り刀を七歳のころから差すと聞く。わたしのような出家《しゅっけ》の身の上に必要なのは、剃刀《かみそり》ぐらいなものでございましょう。

もしも形見を頂けるのであれば、その鬢《びん》の髪を欲《ほ》しゅうございます。聖からの形見には、この長旅ですっかり擦《す》り切れてしまった衣《ころも》の片袖《かたそで》を差し上げましょう」

と、動けぬ頭獅王《ずしおう》の鬢の髪を一房《ひとふさ》切り取り、代わりに自《みずか》らの衣の片袖をお渡しになると、止めどなく流れる涙とともに丹後《たんご》の国へと戻られたのでございます。

あらいたわしや頭獅王は、腰も立たず両目も開かず、内藤新宿御苑《ないとうしんじゅくぎょえん》の森に打ち捨てられ、古い皮籠《かわご》に入れられたその姿は、物見遊山《ものみゆさん》の旅人たちの注目を浴びはするも、珍《めずら》しそうに眺《なが》めゆくだけで、声をかける者はなし。

門口《かどぐち》の大イチョウが夜の闇に染まれば、菫《すみれ》色の空に瞬《またた》くは新宿高層ビルの窓明り。羽田へ向かう旅客機が、星の代わりに流れてゆく。

歌舞伎町《かぶきちょう》の喧騒《けんそう》もまだ賑《にぎ》やかなる丑三《うしみ》つ、すっかりと静まり返った御苑の森には、内藤新宿の路地に暮らすわらんべどもが集まって、

「かわいそうに。こんなところに捨てられて。どうだ、俺たちで育ててやろう」

と、一日二日は水を与え、どこかで仕入れてきた食事を与えもするが、続けて世話する者もなく、

「こんな森に放っておくよりは」

と、粗末《そまつ》な土車《つちぐるま》を作ると、人通りも賑やかな三越裏《みつこしうら》へと運びける。

荷台に腰の立たぬ頭獅王《ずしおう》を座らせて、お恵みを、との立て札を立ててやれば、五日十日は行き交《か》う人々も気まぐれに水を与え、食事を分け与えてもやるが、日に日に悲惨は一風景となるものか、やはり続けて世話する者はなし。

日に日に弱る頭獅王を、いよいよ見かねた路地のわらんべどもが、

「いっそ大宗寺《だいそうじ》の閻魔《えんま》・奪衣婆《だつえば》の元へ連れていこう。あそこは新宿遊郭《しんじゅくゆうかく》の遊女たちの信仰が篤《あつ》い仏神《ぶっしん》だから、きっと育ててくれる者もあるだろう」

と、ふたたび粗末《そまつ》な土車《つちぐるま》で引いて行けば、すぐに集まってきた遊女たちの中より血相《けっそう》を変えて駆《か》け寄ってきた女あり。

「頭獅王か、そなたは頭獅王ではありませんか」

とお問いあるは、

「そのお声は、姉御《あねご》様」

頭獅王が荷台から寺の柱に取り付いて、

「えいやっ」

と言うて立とうとすれば、閻魔・奪衣婆の計らいか、はたまた姉御アンジュの積年の願いの賜物《たまもの》か、これまでどうしても立たなかった腰が立ったのでございます。

「頭獅王や」

「姉御様」

と弟は姉にすがりつき、姉は弟に抱きついて、流涕焦《りゅうていこ》がれて泣きはらし、

「頭獅王や、よく無事でいてくれました」

と姉御お申《もう》しあれば、

「姉御様。わたしはお聖《ひじり》の背負う皮籠《かわご》で八百年揺られながらも、思い焦がれるのは丹後《たんご》の国に残してきた姉御様のお姿ばかりでございました。

すでに腰も立たず、目も開かぬながらも、わたしは鳥になりとうございました。

一千年を翔《か》ける羽が欲《ほ》しゅうございました。

ならば、あの大空を翔《か》けぬけて、未《いま》だ汲《く》めもしない潮《しお》を汲まされている姉御様《あねごさま》の、その御衣《ぎょい》の袂《たもと》にすがりつき、

『姉御様、もう少しだけ待ってください。頭獅王《ずしおう》はきっとお約束を果たします』

とお伝えしたいと願っておりました」とお泣きある。

三途《さんず》の川では亡者《もうじゃ》の着物を剝《は》ぐという奪衣婆《だつえば》も、弟のために責め殺された姉の思いには一目置いたのか、神々の一年と言われる劫《こう》を与えられ、それぞれの生《せい》を生き抜いてきたのでありましょう。

とはいえ、ここは新宿遊郭《しんじゅくゆうかく》。気高《けだか》きアンジュにどのようなご苦労があったことか。劫は刹那《せつな》、刹那は劫と申《もう》しますが、おいたわしいきょうだいの再会でございます。

さて、折しもそこを通りかかったのが当世の人気をシルク・ドゥ・ソレイユと二分する阿闍梨《あじゃり》サーカスを率《ひき》いる団長《だんちょう》で、頭獅王たちをご覧になるなり、

「なんとも感動的な再会だが、女ならばまだしも、このような若者を遊郭で育てるわけにもゆくまい。どうだ、おまえは遁世《とんせい》が望みか、それとも奉公《ほうこう》が望みか」

とお問いある。

頭獅王聞こしめし、

「奉公が望みです」

とお申しあれば、ならばと、阿闍梨の団長聞こしめし、

「うちには百人の団員と百匹の獣《けもの》を置いておる。芸のないおまえには獣の世話でもしてもらおう。おまえの分の食《く》い扶持《ぶち》くらい、どうとでもしてやろう」

との仰《おお》せなり。

「獣《けもの》の世話をいたします」

頭獅王《ずしおう》はお申《もう》しあると、姉御《あねご》アンジュに向かい合い、

「必ず迎えに参《まい》ります」

とふたたび誓えば、阿闍梨《あじゃり》の団長にお供《とも》して、神宮《じんぐう》の杜《もり》に打ち捨てられたオリンピックスタジアムのサーカステントへ向かい、言われるままに獣の世話をしたのでございますが、もともと素地《そじ》でもあったのか、大蛇《だいじゃ》、大熊、インド象はもちろんのこと、これまで一度も檻《おり》から出されることさえなかった凶暴な大獅子《おおじし》でさえ、すぐに懐《なつ》かせたのでございます。

さて、以上は頭獅王の御物語《おんものがたり》。

それはさておき、花の京《みやこ》におわしました千年帝《みかど》にお仕《つか》えした三十六人の臣下《しんか》大臣の末裔《まつえい》に六条《ろくじょう》の院《いん》と申す者あり。

元は桐壺帝《きりつぼてい》の第二皇子《おうじ》としてお生まれになり、近衛中将《このえちゅうじょう》、大将《だいしょう》、大納言《だいなごん》、内大臣《ないだいじん》、太政大臣《だじょうだいじん》までお務めになった光《ひかる》の君《きみ》まで遡《さかのぼ》る御家柄で、南北朝《なんぼくちょう》・御維新《ごいしん》・皇籍離脱《こうせきりだつ》の長き流転のうちにありながら、その御代《みよ》御代で製鉄にて財《ざい》を成し、7G通信システムにて財を成しと、今尚《いまなお》ご隆盛を誇りながらも、詩歌《しいか》・舞楽《ぶがく》に優《すぐ》れ、美を知る当代一の数寄者《すきもの》とはこの六条の院のことであります。

この六条の院ご夫妻は、男子《なんし》も女子《にょし》も行《ゆ》く末《すえ》の世継ぎが授からず、清水《きよみず》の観音《かんのん》へ参《まい》った折に、

「わたしどもは養子を取ろうと思っておりますが、どちらへ行けば、わたしたちを待っている子に会うことができるものでしょうか」とお尋《たず》ねある。

内陣《ないじん》より出《い》で立ちたまいし清水《きよみず》の観音《かんのん》は、その夜、ご夫妻の枕上《まくらかみ》にお立ちになると、

「六条院《ろくじょういん》の養子を迎えるならば、当世《とうせい》に流行《はや》るという阿闍梨《あじゃり》サーカスをご覧あれ」とのお告げなり。

「なんとも、ありがたいこと」

と六条院ご夫妻の喜びは限りなく、三日先には東の都《みやこ》へ向かう手筈《てはず》をお整えになる。

阿闍梨の団長はこの噂《うわさ》を聞こしめし、

「かの六条院のご高覧《こうらん》あるとなれば、さあ急げ、ステージを飾り立てろ」

と天井を綾《あや》・錦《にしき》・金襴《きんらん》で飾りつけ、柱は豹《ひょう》や虎の皮で包ませて、ご夫妻をお迎えする特別席には、高麗縁《こうらいべり》の畳《たたみ》を三十畳《じょう》も敷かせ、それでも粋人《すいじん》の六条院殿《どの》はまだ喜ばれぬだろうと心配になり、国宝の観音猿鶴図《かんのんえんかくず》三幅《ぷく》まで取り寄せて掛け、花瓶には天上天下唯我独尊《てんじょうてんげゆいがどくそん》の花をお飾りある。

百人の団員も、百匹の獣《けもの》たちも、小石丸《こいしまる》の生糸《きいと》で織《お》った衣装で飾り立て、ご到着は今か今かとお待ちになれば、三日経《た》ってお着きになった六条院ご夫妻は、すぐに阿闍梨サーカスを観覧なさるが、象のシーソーに、熊の自転車、道化師《どうけし》の玉乗りにはご夫妻もお笑いになり、空中曲芸では感嘆のため息を漏《も》らされたものの、昼の部・夜の部と続けてご覧になったところで養子になるべき子は見つからず。

観音様のお告げにも間違いがあるのだろうかと、落胆《らくたん》のままサーカステントをお出になったところ、偶然お通りになったサーカステント裏《うら》の飼育小屋で、大獅子《おおじし》に餌《えさ》をやる頭獅王《ずしおう》の姿をお認めある。

すぐに声をかけ、ご夫妻の近くに頭獅王を寄らせてみれば、その美しい額《ひたい》にめでたい相《そう》あり。さらに坂東《ばんどう》八カ国の王となった平将門《たいらのまさかど》や、中国では舜《しゅん》や項羽《こうう》がそうであったように、その澄んだ両眼それぞれには、二つの瞳が輝いているようである。

六条院この姿をご覧になるなり、

「わたしたちの養子に、あの子を賜《たまわ》れ。大切に育てます」と仰《おお》せなり。

阿闍梨《あじゃり》の団長や百人の団員たちはこの様子を見るなり、

「かの六条院《ろくじょういん》ともあろうお方《かた》が、なんて目利《めき》きのないことをおっしゃるのだろうか。つい昨日今日まで、粗末《そまつ》な土車《つちぐるま》に乗せられて、物乞《ものご》いをしていたわっぱを、かの六条院家のご養子にしようとは、見る目がないにもほどがある」

と、どっとお笑いある。

六条院は聞こしめし、

「わたしたちの養子をお笑いになるか」

と早速湯殿《さっそくゆどの》を用意させると、湯風呂で頭獅王《ずしおう》の身を清めさせ、その肌には持参した青地の錦《にしき》を、また長袴《ながばかま》に刈安《かりやす》色の狩衣《かりぎぬ》をまとわせる。さらに、形の良い頭に玉の冠《かんむり》をお被《かぶ》せになり、一段高い六条院の左の座敷に座らせてみれば、百人の団員たちに匹敵する者などもちろんおらず、頭獅王はただただ光り輝くなり。

六条院のお申《もう》し出《で》を、頭獅王は有難《ありがた》くお受けしながらも、

「ここにおります大獅子《おおじし》は、わたし以外に懐《なつ》きません。わたしがここを去れば、殺生《せっしょう》される運命でございます。どうかお供《とも》に連れてゆくことをお許し下《くだ》さい」

とお頼みある。

六条院この由《ゆえ》聞こしめし、

「ならば、養子縁組のお祝いに、この大獅子に跨《また》がり、靖国《やすくに》の通りをパレードしようではないか」とお申しある。

時は折しも花園《はなぞの》神社の酉《とり》の市《いち》、焼きそば、たこ焼き、焼きリンゴ、射的《しゃてき》、草餅《くさもち》、ハニーカステラと、ずらりと露店《ろてん》が立ち並び、歩行者天国となった歌舞伎町《かぶきちょう》の大通りは国内外からの旅人たちで押すな押すなの大賑《おおにぎ》わい。

そこへ立ち出でたる頭獅王が、八尺《しゃく》をゆうに超える大獅子の背に跨れば、群衆は海が分かるるように裂けてゆき、

「あれは頭獅王《ずしおう》だぞ。頭獅王が復活だぞ」

と喜ぶ路地のわらんべどもの声も、沿道の大歓声に呑《の》み込まれる。

六条院《ろくじょういん》の新宿別邸《しんじゅくべってい》は明治神宮《じんぐう》の西参道口にござあり、地上五十階の高みより日《ひ》の本《もと》の国の都《みやこ》を眺《なが》める典雅《てんが》な邸《やしき》で、デザインを手がけた米国モーフォード卿《きょう》が掲《かか》げたテーマがタイムレス、まさに時代を超越した存在でございます。

この新宿別邸へとお戻りになった六条院ご夫妻は、山海《さんかい》の珍味、国々の果物などを揃《そろ》えた華燭《かしょく》に、そのお喜びも限りなし。

頭獅王の願いに応じて呼び寄せた姉御《あねご》アンジュは、襲《かさね》の色目も紅匂《くれないにおい》、五衣唐衣裳《ごいからぎぬも》の十二単《じゅうにひとえ》をお召しになり、その気品たるや紫《むらさき》の上《うえ》もかくばかりかと招待客たちのため息を誘いますが、とはいえ六条院といえば、元は千年帝《みかど》にお仕《つか》えした三十六人の臣下《しんか》大臣のお一人、

「いかに六条院が養子にお決めになったとはいえ、卑《いや》しい者と同じテーブルに着くなど我慢ができない」

と、邪見《じゃけん》なる臣下大臣の末裔《まつえい》たちが、頭獅王とアンジュを華燭の席から追い立てる。

あらいたわしや頭獅王は、今自《みずか》らの血筋《ちすじ》を名乗れば、総領を保護できなかった父岩城殿《いわきどの》の面目《めんぼく》がない。

かといってここで黙っていれば、養子の親の御面目に関わるとお悩みになり、ここは父の面目は追って立てるとして、まずは養子の親の威光を上げねばとお決めになると、肌身離さずに持ってきた志太《しだ》・玉造《たまつくり》の系図の巻物を取り出《い》だし、扇《おうぎ》の上に供えて差し出せば、六条院の前に伏《ふ》して、玉の冠《かんむり》を地につけて、丁重《ていちょう》に拝《はい》したのでございます。

中にいた二条大納言《にじょうだいなごん》の末裔《まつえい》で、日比谷・六本木の再開発事業にて隆盛を極める一族の者が、この巻物を取り上げて、

「そもそも奥州《おうしゅう》の国、日《ひ》の本《もと》の将軍、岩城《いわき》の判官正氏《はんがんまさうじ》の総領、頭獅王《ずしおう》の判《はん》」

と高らかにお読みある。

六条院《ろくじょういん》は驚きになり、

「その額《ひたい》のめでたい相《そう》に、これまでも何一つとして疑いは持っていなかったが、なんと、かの岩城判官正氏が総領、頭獅王がおまえだったとは。なんという運命の巡り合わせか。そうか、そうか。いや、何よりも長きに渡る浪人の日々、本当にご苦労であった。よくぞ、ここまで耐え忍んだ。実は六条院の家には、桐壺《きりつぼ》帝《てい》より賜《たまわ》り、一千年を超えて伝わる薄墨《うすずみ》の御綸旨《ごりんじ》というものがある。中に書かれておるのは、『岩城の判官正氏が総領が訪ね来たることあらば、免罪の御判《ごはん》を授け、奥州《おうしゅう》五十四郡《ぐん》を元の本地《ほんじ》として返すべし』という文言《もんごん》である。

とはいえ、流れた月日は長く、現在では奥州五十四郡のうちにも、山林の所有を残すのみ。そこで数万ヘクタールの山林は元より、長き月日の間に失った本地の代わりに、Google、Apple、トヨタ、ソフトバンク等々の株式を、それ相応に譲渡しようと思うがいかがか」とお申《もう》しある。

邪見《じゃけん》なる臣下《しんか》大臣の末裔《まつえい》たちはこの由《ゆえ》聞くなり、

「さて今の今までは、どこの誰かと思っておりましたが、岩城の判官正氏が総領となれば、話は別でございます。先ほどまでの非礼、面目《めんぼく》次第もございません。わたしどもなど、頭獅王殿《どの》に対座《たいざ》させてもらうのももったいない」

と次々に座敷を降《お》りれば、自《みずか》らが追い立てた頭獅王とアンジュを、どうぞどうぞと、六条院のそばまでご案内する。

六条院の隣《となり》へ戻った頭獅王は、今言おうか、言うまいかと思案した末《すえ》、今言わないで次はいつの御代《みよ》に言えようかと心を決め、

「今ほどの六条院《ろくじょういん》様よりのお申《もう》し出は、誠に身に余る光栄でございますが、わたくしは山林も株式も望みません。ただ、思うところがございまして、もし出来ますれば、その代わりに丹後《たんご》五郡《ぐん》を頂戴《ちょうだい》することはできませんでしょうか」

とお頼みある。

六条院この由聞《ゆえ》こしめし、

「なに、そのような小国《しょうこく》を望むとは、いったいどんな理由からだ」とお尋《たず》ねある。

あらいたわしや頭獅王《ずしおう》は、これまでの泣き言《ごと》が今にも溢《あふ》れそうになり、そこをぐいと堪《こら》えると、

「わたしは鳥になりとうございます。千年を翔《か》ける羽が欲《ほ》しゅうございます。ならば、大獅子《おおじし》の背に跨《また》がり、千年の時を超え、泥梨《ないり》が島《しま》へ売り飛ばされたと聞く母上様を尋ねゆき、

『母上様、頭獅王は世に出ましたよ』とお伝え申《もう》し、さらには筑紫安楽寺《つくしあんらくじ》に飛んでゆき、父岩城殿《いわきどの》を尋ねゆき、

『父上様の無念、頭獅王は霽《は》らしました』とお伝えしたいのでございます」

とお申しある。

流るる涙は止めどなく、募《つの》る思いに頭獅王は居ても立ってもおられずに、

「どうか行かせてくださいませ」

と六条院より薄墨《うすずみ》の御綸旨《ごりんじ》を申し受ければ、

「いざ姉御《あねご》様もご一緒に」

と鬣《たてがみ》震わす大獅子の背に、きょうだいで跨ったのでございます。

さて、となれば、まずは丹後の国へ向かおうと、今では旅行者相手に細々《ほそぼそ》と宿坊《しゅくぼう》を営む貧乏寺となったという国分寺《こくぶんじ》の寺に、三日先の訪問をお伝えになれば、懐かしき国分寺のお聖《ひじり》はこの由聞こしめし、

「丹後《たんご》は小さな地方とはいえ、広いお堂や立派な宿坊《しゅくぼう》は他にもいくらでもある。それなのに、このような貧乏寺に、かの六条院《ろくじょういん》のご子息がいらっしゃるとなれば、きっと悪い知らせに違いない。この聖《ひじり》、これまで良心に恥じたることは断じてしておらぬが、その良心のせいで、今ではこの貧乏寺の貧乏坊主と成り果てた。見るがよい、境内《けいだい》にフェラーリ、ポルシェを打ち並べた隣寺《りんじ》と見比べれば一目瞭然《いちもくりょうぜん》。仏心《ぶっしん》に恥じぬ暮らしながら、日々の暮らしには追われるばかり。ほじくられれば、止《や》む無くした小さき悪事もないとは言えぬ。ええい、ここは傘《からかさ》一本担《かつ》いで身を隠《かく》した方《ほう》がよさそうじゃ」とお逃げになる。

約束通り三日目に、頭獅王《ずしおう》が丹後の国分寺《こくぶんじ》に着いたところが、懐かしきお聖の姿なし。すぐに町の人々を近づけて、

「この寺の堂守《どうもり》が、どこにいらっしゃるかご存知《ぞんじ》ないか」とお問いある。

人々は答えて申《もう》すに、

「ついこのあいだまでは、尊き僧がお一人おりましたが、今のようなご時世《じせい》を渡るには尊すぎる僧でありましたので、きっと立派な寺々の僧たちに虐《いじ》め抜かれて、いよいよ逃げ出したのでございましょう」と申すなり。

頭獅王この由《ゆえ》聞こしめし、

「ならば、どうかみんなで探してくれぬか」と仰《おお》せなり。

「かの六条院の方《かた》の申し出とあらば、喜んで承《うけたまわ》る」

と人々は、丹波《たんば》の穴太《あのう》にある古刹《こさつ》に隠《かく》れていたお聖を尋《たず》ね出すと、その肘《ひじ》を捩《ね》じり上げ、首から縄《なわ》を掛け、国分寺《こくぶんじ》まで引っ立ててきたのでございます。

頭獅王はこの様子をご覧になるなり、

「命の親のお聖に縄を掛けるとは何事だ。すぐに解いて放せ」と仰せなり。

お聖この由聞こしめし、

「今、命の親と申《もう》されたが、かの六条院《ろくじょういん》の方《かた》のお命を助けたことなど、この聖《ひじり》には一度もございません。そのように貧乏坊主のみをなぶろうとなさりたいのなら、いっそこの命お取り下《くだ》さい」と仰《おお》せなり。

頭獅王《ずしおう》は聞こしめし、

「打ち付けの訪問で、お聖様を大変驚かせてしまいました。このわたしを誰とお思いか。お聖が担《かつ》いで下さった皮籠《かわご》のわっぱでありますよ。内藤新宿《ないとうしんじゅく》の御苑《ぎょえん》の門口《かどぐち》までの長い旅の終わりに、取り交《か》わした形見がこの衣《ころも》の片袖《かたそで》。きっとお聖様の手元には、わたしの鬢《びん》の髪があるはずでございます」

聖この由《ゆえ》聞こしめし、

「なんとまあ、あれからそう月日も経《た》たぬのに、なんとも立派になられたものじゃ。黄金《こがね》が決して朽《く》ち果てぬように、品格というものはどんな苦境にあっても、十年、百年、千年の時を経《へ》ても朽ち果てぬというのは本当なのじゃのう」

とお喜び限りなし。

再会の喜びに耽《ふけ》る二人のそばで、アンジュが見つけたのは国分寺《こくぶんじ》の境内《けいだい》の隅にひっそりと建てられた小さな墓石。光誉安寿恵照禅定尼《こうよアンジュえしょうぜんじょうに》と法名《ほうみょう》あり。

「どなたのお墓か」

とアンジュが問えば、

「これはここ国分寺に千年伝わる無縁仏《むえんぼとけ》でございます。その昔、弟を逃《のが》さんために、その身を挺《てい》して守った姉がおりました。ついには水火《すいか》を当てられて責め殺されたその姉の死骸《しがい》を、この寺の門弟《もんてい》たちが引き取って火葬《かそう》にし、死骨《しこつ》と剃《そ》り髪を残したのでございます」とお答えある。

アンジュは大獅子《おおじし》の背からはらりと降《お》りると、頭獅王を呼び寄せて、ただ黙して前世《ぜんせい》の墓前に参《まい》らせる。

頭獅王《ずしおう》は長く手を合わせると、今こそ山椒太夫《さんしょだゆう》を召し寄せて重罪《じゅうざい》に科そうと、由良《ゆら》の港へとお使いを立てる。

山椒太夫この由《ゆえ》聞くなり、五人の息子を呼び寄せて、

「ややあ、かの六条院《ろくじょういん》からのお声掛かりありぞ。この太夫《たゆう》に連絡あったとなれば、このご時世《じせい》にも肩肘《かたひじ》を張り、清廉《せいれん》を守ってきた六条院も、いよいよ損得の勘定《かんじょう》ができるようになったと見える。人間というのはどんなに澄ましておっても、いよいよ喉《のど》が渇けば、泥水も啜《すす》るものじゃ。東欧や東南アジアでの人買いで、六条院にも少し甘い汁を飲ませてやる代わり、さてどんなものをもらおうか。よいか、息子たち、その折には決して小国《しょうこく》など望んではならぬぞ。この太夫一族の繁栄は子々孫々《ししそんそん》と繋《つな》がるもの。大国《たいこく》を望むことを決して忘れるな」

とて五人の息子に手を引かれ、国分寺《こくぶんじ》へとお参《まい》りある。

頭獅王は迎え入れるなり、

「さて太夫、わたしの顔に見覚えはあるか」とお問いある。

「もちろんでございます。六条院のご子息のご尊顔《そんがん》を知らぬ者などおりません」

頭獅王は聞こしめし、

「さて、ならば話は早い。おまえの家にはしのぶという美しい下女《げじょ》があったそうだが、わたしが娶《めと》って、おまえと縁戚《えんせき》になるというのはどうだ」とお申《もう》しなり。

太夫は三郎をきっと睨《にら》むと、

「たしかに以前、しのぶという見目麗《みめうるわ》しい下女があったが、三郎がなぶり殺したところ、それより一年もたたぬうちに、しのぶによく似た下女を買い入れた。

あれがそうだったのか、二人目がそうだったのか、とにかく一人目はなぶり殺し、二人目は新宿《しんじゅく》の遊郭《ゆうかく》に売り飛ばしたはず。あのときにもし売り飛ばさずにいれば、今ごろ六条院《ろくじょういん》と縁戚《えんせき》になり、富貴《ふうき》の家と栄えたものを。のう、三郎。今からでも売り飛ばしたあの女を取り返せぬものだろうか」

と後悔《こうかい》仕切りなし。

頭獅王《ずしおう》はこの醜悪《しゅうあく》な父子の話を聞こしめし、いよいよ隠《かく》そうにも隠しきれなくなると、太夫《たゆう》たちの前にその身を乗り出し、

「やあ、いかにおまえたち。しのぶはわが姉アンジュだ。姉御《あねご》アンジュに、どんな咎《とが》があったというのだ。このわたしを誰だと思う。おまえたちの元で刈《か》れぬ柴《しば》を刈らされていた忘《わす》れ草《ぐさ》とはこのわたしのことだ。姉御を返せ。姉御の苦しみを思え」と仰《おお》せなり。

さらに頭獅王は千年の恨みまだ霽《は》れることなく、

「やあ、いかにおまえたち。思えば、三荷《が》の柴を刈れぬわたしを哀《あわ》れんで、山人《やまうど》たちが代わりに刈ってくれたことがあったが、あの美しき人々の思いを、おまえたちは科《とが》として、三荷の柴に七荷《か》増し、十荷刈れとわたしを責めたるはまさに鬼の仕業《しわざ》」と仰せなり。

アンジュこの様子をご覧になり、大獅子《おおじし》の背よりはらりと降《お》りれば、

「なあ、頭獅王や。千年経《へ》ても二千年の時を経ても、苦しみや悔《くや》し涙が消えることはありません。それでも、なあ、頭獅王や。

仇《あだ》を仇にて報《ほう》ずれば、
燃える火に薪《たきぎ》を添えるようなもの。
逆に仇を慈悲《じひ》にて報ずれば、
これは仏と同格なり。

えい、いかに太夫《たゆう》。ここまでの話を聞いて、そなたが欲しいのはまだ大国《たいこく》か、それとも小国《しょうこく》か、言うてみい」と仰《おお》せなり。

太夫がこっそりと笑って三郎の方《ほう》を見れば、三郎は準備万端とばかりに、

「この太夫一族の繁栄は子々孫々《ししそんそん》まで続くもの。やはり小国では足りません。どうぞ大国を賜《たまわ》りとうございます」と答える。

頭獅王《ずしおう》は聞こしめし、

「おまえたちになぶり殺された姉御《あねご》がその悔《くや》しき心を堪《こら》えて与えたお慈悲を、おまえたちはまだ踏み躙《にじ》るのか。よかろう、ならばおまえたちの望みを叶《かな》えて大国を取らせてやろう。人の死後にその魂がゆく黄泉《よみ》の国という大国だ」

捕《と》らえられた太夫《たゆう》は、国分寺《こくぶんじ》の大庭《おおば》に引っ立てられると、五尺《しゃく》に掘った穴に首から下を埋められて、竹ののこぎりが持ち込まれれば、

「決して他人には引かせるな。太夫の息子たちに引かせろ。もし引けば、その者だけは助けてやろう」と頭獅王《ずしおう》は仰《おお》せなり。

まず兄の太郎に、のこぎりが渡る。

頭獅王この様子をご覧になり、

「いや、待て。太郎殿《どの》には思うところがある。あれはわたしがここ国分寺の本堂で、皮籠《かわご》ごと垂木《たるき》に吊《つ》るされていた折、助けてもらった恩義がある。のこぎりを許してやれ」と仰せなり。

さて次に二郎がのこぎりを受け取って、後ろの方《ほう》へ回り込むが、

「昔も今も、子が親の首を引くとはあまりに残酷。父の残虐非道《ざんぎゃくひどう》なことは、欧州亜細亜《あじあ》南半球と、遠国波濤《おんごくはとう》の果てまでも知らぬ者はおりませんが、それでも父は父、子は子、どうかお許し願えませんでしょうか」

と涙にむせて引きかねる。

そこにアンジュが近寄りて、

「二郎殿。わたくしどもきょうだいが、浜路《はまじ》に打ち置かれた松の木の湯船の中に閉じ込められ、ひもじい思いをしておりましたときに、二郎殿がこっそりと食事を与えてくれたご恩を忘れることはできましょうか」とお申《もう》しなり。

頭獅王もこの由《ゆえ》聞くなり、

「誠に、いかに月日を経《へ》ようとも、あの時の有難《ありがた》みを忘れたことは一度とてない。のこぎりを許せ」と仰《おお》せなり。

次に三郎に渡ろうとすると、邪見《じゃけん》なる三郎は、そののこぎりを奪い取り、

「父上殿《どの》。かくなる上は仕方があるまい。ご自身の悪行《あくぎょう》の数々はご自身がもっとも知るところ。ならばここは覚悟《かくご》を決めて、生涯に唱《とな》えてきた念仏《ねんぶつ》をこの時のためにお役に立て、死んで三途《さんず》の大河をお渡りなされ。さあ、一引《ひとひ》き引いて千僧供養《せんそうくよう》、二引《ふたひ》き引いて万僧《まんそう》供養。えいさら、えい。えいさら、えい」

と引くほどに、百を六つほど越えたころ、いよいよその首が落ちたのでございます。

頭獅王《ずしおう》この様子をご覧になるなり、

「我欲《がよく》ばかりの浅ましきその姿。この上かける言葉もない」

と三郎を浜路《はまじ》に引き連れてゆけば、潮《しお》の引いた浜にその首から下を親と同じように埋めたのでございます。

さて信賞必罰《しんしょうひつばつ》のその後に、頭獅王は太郎と二郎をお呼びになると、

「昔から苦い蔓《つる》には苦い実がなり、甘い蔓には甘い実がなると伝え聞くが、お二人は苦い蔓になった甘い実なのでありましょう。苦い蔓には、苦い実でなるのが楽なはず。そこをよくぞ、わたしたちをお助け下《くだ》さいました。そこで太郎殿には、わたしが養父の六条院《ろくじょういん》より譲り受けたもののうち、丹後《たんご》は美しい間人《たいざ》の港を差し上げましょう。ここで獲《と》れる間人蟹《たいざがに》は人気が高く、広く商売するとよいでしょう」

と仰《おお》せなり。

ところが太郎はその場で髪を切り落とすと、

「わたくしはこのままここ国分寺に落ち着いて、そばにいながら救えなかった者たちの菩提《ぼだい》を弔《とむら》い暮らしたい」とお申《もう》しある。

頭獅王この由《ゆえ》聞こしめし、

「殊勝《しゅしょう》なり、太郎殿。ならばそなたにには、一井戸《いど》、二楽《らく》、三唐津《からつ》との誉《ほま》れも高い、この井戸茶碗《ぢゃわん》を進ぜましょう」

と譲り渡し、次に二郎を呼び寄せますと、

「さて二郎殿には、将軍義満《よしみつ》公に従って功を立てた一色《いっしき》氏より、長きに渡って伝わる土地をお譲りしたいと思います。美しい天橋立《あまのはしだて》を見下ろす広大な山林の土地が主《ぬし》ですが、東の都《みやこ》は麻布《あざぶ》、西の京《みやこ》は岡崎《おかざき》にも、多くの地所やマンションがあり、これらもそのままお譲りしたいと思います」と仰《おお》せなり。

さて、頭獅王《ずしおう》は、太郎、二郎と別れますと、山椒太夫《さんしょだゆう》の邸《やしき》へ向かい、各国から売り飛ばされ、その足首にＩＣタグをつけられたまま逃げられぬようにされた移民や難民たちを全員解放したのですが、その際、アンジュがふと呼び止めた女あり。

近寄ってみれば、あの懐《なつ》かしき伊勢《いせ》の小萩《こはぎ》に瓜《うり》二つ。思えば、柴《しば》も刈《か》れず、潮《しお》も汲《く》めず、いよいよ大波《おおなみ》にその身を投げようとしていたきょうだいに、

「潮を汲めぬなら、わたしが代わりに汲んであげましょう。ですからどうぞ、その命お惜しみあれ。この小萩がそなたたちの姉となりましょう」

と声をかけてくれた人でございます。

「そなたがいなければ、今のわたしたちはありません」とそのお喜び限りなし。

さてアンジュと頭獅王は、お聖《ひじり》様を命の親、伊勢の小萩を姉御《あねご》と定めると、二人を網代《あじろ》のお輿《こし》もこれほどだったかというほどのリムジンに乗せ、自《みずか》らは大獅子《おおじし》に跨《また》がって六条院《ろくじょういん》が待つ都へとお戻りになります。

しかしその後も頭獅王《ずしおう》とアンジュの母への慕情は抑え難く、中央政府にも打ち捨てられた地方として、千年の前よりその風景に変化なしと言われる泥梨《ないり》が島《しま》へと向かうことを決め、せめて母御《ははご》のものと思われる墓石や卒塔婆《そとうば》でも見つけられないものかと、あちらこちらを訪ね歩いたのでございます。

いたわしや泥梨が島の商人《あきんど》に買い取られた母上は、能《のう》がない職《しょく》がないと、さらに安値で人から人に売り飛ばされ、逃げ出さぬようにその手足の筋は切られ、泣き潰《つぶ》して盲目《めしい》となりながらも、

〽　アンジュ恋しや　ほうれほれ　頭獅王恋しや　ほうれほれ

と二百年鳥を追い、三百年姉弟《あねおとうと》を案じ、千年歌い続けておりました。

今日も今日とて白杖《はくじょう》を頼りに広い畑にやってきて、粟《あわ》を啄《つい》ばみに寄ってくる小鳥たちを長い手縄《てなわ》を振って追っております。

アンジュと頭獅王はこの老婆をご覧になり、

「なんとも不思議な鳥の追い方《かた》をするご老婆だ。もう一度、今、口にした歌を歌ってくれませんか。もちろん褒美《ほうび》は取らせます」とお申《もう》しある。

母上この由《ゆえ》聞こしめし、

「なに、褒美などいりましょうか。わたしはこの鳥威《おど》しの稼ぎだけで十分でございます。追えと言われれば、いくらでも追って見せましょう」

と長い手縄を振って小鳥を追いながら口にするのは、千年歌い続けてきたこの調べ。

〽　アンジュ恋しや　ほうれほれ　頭獅王恋しや　ほうれほれ

歌って、手縄《てなわ》を振り、どっとその身を地に投げる。

頭獅王《ずしおう》はその姿をご覧になり、

「これは母上様に間違いない」と、痩《や》せた体に抱きついて、

「母上様。頭獅王でございます。やっと世に出て、お迎えに参《まい》りました」

とお申《もう》しある。

母はこの由《ゆえ》聞こしめし、

「たしかにこのわたしには、姉にアンジュの姫、弟に頭獅王という子がありましたが、今より百年も千年も前に、母の目の前でどこかへ売られ、そのまま行き方《かた》知れずになっております。このような盲目《めしい》の老婆を騙《だま》すのはおやめ下《くだ》さい。わたしが何かご迷惑をおかけしたのなら、この通りに頭をついて謝《あやま》ります」

とお申しある。

アンジュこの姿ご覧になり、

「頭獅王や、あれを母上に」

と頭獅王が首から提《さ》げた肌の守りの地蔵菩薩《じぞうぼさつ》を取り出《い》だし、母御《ははご》のその両目に押し当てて、

「善哉《ぜんざい》なれや、明らかに。平癒《へいゆ》したまえ、明らかに」

と三度ほど撫《な》でてみると、潰《つぶ》れて久しい母御の両目がなんと鈴《すず》のようにぱっと見開いたのでございます。

母は見開いた我《わ》が両目で二人を見ると、

「ああ、そなたは頭獅王。そして、そなたはアンジュ姫」とお申しある。

頭獅王は聞こしめし、

「母上様。そうですよ、頭獅王ですよ。ここには姉御《あねご》のアンジュもおりますよ。越《えち》後《ご》の国直江《なおえ》の浦《うら》から売り分けられて、あなたこなたと売られた末《すえ》に、丹後《たんご》の国

由良《ゆら》の港の山椒太夫《さんしょだゆう》に買い取られ、汲《く》みも習わぬ潮《しお》を汲まされ、刈《か》りも習わぬ柴《しば》を刈らされ、その職《しょく》を勤《つと》められずになんとか逃げ出して、こうやってやっと世に出て、母御様《ははごさま》、あなたをお迎えにきたのです」とお申《もう》しある。

さてその後、越後《えちご》の国直江《なおえ》の浦《うら》へ立ち寄って、最初に頭獅王《ずしおう》たちを売り分けた山《やま》岡《おか》の太夫《たゆう》を探してみれば、相《あい》も変わらず女房《にょうぼう》を邪見《じゃけん》にし、弱者をいたぶる小銭《こぜに》稼《かせ》ぎの日々。

頭獅王はこの様子をご覧になると、山岡の太夫の言い訳も聞かず、あら簀《す》に巻いて海に打ち捨てれば、その同じ海に身を投げた懐《なつ》かしき乳母《うば》うわたきへの思い慕《つの》り、柏崎《かしわざき》の岬に寺を建立《こんりゅう》すると、うわたきの菩提《ぼだい》を弔《とむら》ったのでございます。

さてそれよりアンジュと頭獅王は、母御のお供《とも》をなされつつ都《みやこ》へ戻りますと、新《しん》宿別邸《じゅくべってい》では六条院《ろくじょういん》も母御にご対面して、

「さてさてめでたき次第」とそのお喜びに限りなし。

それはさておき父岩城殿《いわきどの》、頭獅王が世に出たことで、千年ののちにその不名誉《ふめいよ》は改められ、以来、昔岩城殿に仕《つか》えていた、いにしえの郎等《ろうとう》どももも夜《よ》な夜な立ち現れたそうでございます。

新宿別邸では蓬萊山《ほうらいさん》を飾り立てた喜びの酒宴が、いつ終わるともなく続き、その杯《さかずき》が収まらぬ中、頭獅王は六条院の前に出《い》でて、

「さて、六条院殿にお願いがございます」とお申しある。

六条院この由《ゆえ》聞こしめし、喜びの杯を置かれれば、頭獅王さらに前へ出て、

「ここに幾度となくわたしの身代わりとなって下《くだ》さりました金焼地蔵菩薩《かなやきじぞうぼさつ》がございます。この地蔵菩薩に誓い、六条院様《ろくじょういん》に申《もう》し上げたいことがあります。このたび六条院の家にありがたくも養子として迎え入れられ、賜《たまわ》りました過分なる財産の数々。そのすべてを元手として、これより毎年、十年、百年、一千年と、この浮き世の片隅にひっそりと暮らす慈悲《じひ》深き人々へ褒章《ほうしょう》を贈らせてはもらえませんでしょうか。

お聖《ひじり》のような勇敢《ゆうかん》な方には紅《くれない》の章を、小萩《こはぎ》のような優しい方には緑の章を、そして内藤新宿《ないとうしんじゅく》の路地に暮らすわらんべたちのような無垢《むく》な者たちには黄色い章を、彼らを讃《たた》えて贈りたいのでございます」とお頼みある。

六条院はこの由聞《ゆえ》こしめし、

「なんとも殊勝《しゅしょう》なる望みかな。そなたの額《ひたい》に浮かぶめでたい相《そう》を信じ、養子として迎え入れたことを、今ほど嬉《うれ》しく思うことはない。そなたに与えた財産は、すでにそなたの財産。そなたの良心に従って、自由に使うがよい」とお申《もう》しある。

その後にアンジュと頭獅王は大獅子《おおじし》の背に乗り、奥州《おうしゅう》へ向かえば、一字《いちう》の御堂を建立《こんりゅう》し、肌の守りの地蔵菩薩を金焼地蔵菩薩として安置《あんち》して奉《たてまつ》り、人々は未来永劫《えいごう》、この地蔵菩薩を大切に守ったそうでございます。

以上がアンジュと頭獅王の御物語《おんものがたり》。

頭獅王が創設したる褒章は、その後に世界的な名誉《めいよ》となり、自《みずか》らも富貴《ふうき》の家と栄えたとあり。上古《じょうこ》も今も末代《まつだい》も、ためし少なき次第なり。

本書は、『説経集』（室木弥太郎　校注　新潮日本古典集成　一九七七年　新潮社）と『説経節　山椒太夫・小栗判官他』（荒木繁　山本吉左右　編注　東洋文庫　一九七三年　平凡社）を底本とし、口語調でオリジナルストーリーを加筆した書き下ろし作品です。

吉田修一（よしだしゅういち）

長崎県生まれ。九七年に『最後の息子』で文學界新人賞を受賞し、デビュー。二〇〇二年には『パレード』で第十五回山本周五郎賞、『パーク・ライフ』で第一二七回芥川賞を受賞。〇七年『悪人』で第六一回毎日出版文化賞と第三四回大佛次郎賞を受賞。一〇年『横道世之介』で第二三回柴田錬三郎賞を受賞。一九年『国宝』で第六九回芸術選奨文部科学大臣賞と第一四回中央公論文芸賞を受賞。作品は英語、仏語、中国語、韓国語などにも翻訳されている。映像化多数。

装画――ヒグチユウコ
装丁・ブックデザイン――おおうちおさむ
企画・編集協力――田中敏惠
校閲――兼古和昌
高瀬陽子
編集――恩田裕子
協力――パーク ハイアット 東京

アンジュと頭獅王

二〇一九年十月五日　初版第一刷発行

著者　吉田修一
発行者　飯田昌宏
発行所　株式会社小学館
〒一〇一-八〇〇一
東京都千代田区一ツ橋二-三-一
編集　〇三-三二三〇-五七二〇
販売　〇三-五二八一-三五五五
DTP　株式会社昭和ブライト
印刷所　凸版印刷株式会社
製本所　株式会社若林製本工場

ISBN 978-4-09-386550-0